A CHAVE WITTGENSTEIN

Carlos Gustavo Wolff Neto

A CHAVE WITTGENSTEIN

1ª edição / Porto Alegre-RS / 2023

Capa: Marco Cena
Produção editorial: Maitê Cena e Bruna Dali
Revisão: Simone Borges
Produção gráfica: André Luis Alt

Dados Internacionais de Catalogação na Publicação (CIP)

W853c Wolff Neto, Carlos Gustavo
A Chave Wittgenstein. / Carlos Gustavo Wolff Neto. – Porto Alegre: BesouroBox, 2023.
192 p. ; 14 x 21 cm

ISBN: 978-65-88737-99-6

1. Literatura brasileira. 2. Segunda Guerra Mundial. 3. Nazismo I. Título.

Bibliotecária responsável Kátia Rosi Possobon CRB10/1782

Edições BesouroBox Ltda.
Rua Brito Peixoto, 224 - CEP: 91030-400
Passo D'Areia - Porto Alegre - RS
Fone: (51) 3337.5620
www.besourobox.com.br

Impresso no Brasil
Maio de 2023.

A realidade total é o mundo.

Ludwig Wittgenstein,

Tractatus Logico-Philosophicus, aforismo 2.063

À memória de meu pai Ruby e de minha mãe Elside.
Às minhas irmãs e irmão. Às minhas sobrinhas e sobrinhos.
À Ragui, Maria Constância e Maria Anita.

Agradeço ao Professor Alcy Cheuyche pela revisão literária e valiosos ensinamentos. Literatura, além de espontaneidade, é técnica.

Agradeço às leituras prévias e opiniões sensatas de minhas irmãs Clarice Wolff Schmidt, Clarisa Wolff Garcez, Gladis Helena Wolff e Maria Palma Wolff. O primeiro *imprimatur* dado a este escrito foi delas.

Para um devido enquadramento temporal das situações e personagens, ficcionais ou não, recorri a informações orais dos historiadores e memorialistas locais Enori Chiaparini e Gladis Helena Wolff, aos quais agradeço. Romanceamento histórico precisa estar ancorado em fontes fidedignas.

Nota do autor

É óbvio que um mundo imaginário, por mais que difira do mundo real, deve ter algo – uma forma – em comum com ele.

Ludwig Wittgenstein,
Tractatus Logico-Philosophicus,
aforismo 2.022

Embora eu tenha me inspirado em pessoas e situações historicamente verdadeiras e cronologicamente encadeadas, esta é uma obra de ficção.

Os personagens mencionados e fatos narrados, exceção feita àqueles que são vultos e situações históricas conhecidas, são criação cerebrina minha.

Podem, no entanto, pela localização geográfica, ambientação e habitat restritos, alguns personagens e fatos se assemelhar com pessoas e realidades vividas e acontecidas.

Qualquer semelhança estrita com pessoas e fatos reais é mera coincidência.

SUMÁRIO

I
PRÓLOGO
IL FASCIO FIAMMANTI

O mundo é tudo o que é o caso.
Ludwig Wittgenstein,
Tractatus Logico-Philosophicus,
aforismo 1

Ludwig Wittgenstein e suas irmãs acreditavam que vários motivos os imunizavam contra o antissemitismo sistêmico, que cada vez mais vigorava na Europa. Criam eles que o cosmopolitismo vienense, com sua movimentada vida artística e cultural e com a intelectualidade mais pujante do continente, jamais concordaria com o nível de atrocidades que, se sabia, vinham sendo praticadas contra judeus na Alemanha.

Embora um tanto decadente nestes meados da quarta década do século XX, Viena tinha abrigado recentemente ou ainda era o ambiente de intelectuais como Leon Trotsky, Sigmund Freud, Karl Popper, Arthur Schnitzler, Otto Weininger. No campo da física, haviam transitado ou transitavam pelos corredores da Universidade de Viena figuras como Mach, Einstein e os defensores da interpretação de Copenhague. Vicejava, em discussões orgânicas ou paralelas à Universidade, o Círculo de Viena, em cujas reuniões a filosofia, a ciência, o conhecimento e a lógica eram levados a seus conceitos mais extremos por pensadores do porte de Schlick, Neurath, Carnap, Gödel...

Além disso, os teatros, as exposições de arte, os concertos, as conferências, os debates e os cafés faziam de Viena um ambiente extremamente intelectualizado, do qual os ricos Wittgenstein tinham sido e eram ainda partícipes, consumidores ou mecenas. A tradição e as relações mantidas nesses meios os faziam respeitabilíssimos, ainda mais ostentando nomes internacionalmente reconhecidos na música e na filosofia, como o eram, respectivamente, Paul e Ludwig. Esse ambiente não permitiria abusos, crueldades, transgressões anti-humanitárias, acreditavam piamente.

Sobretudo, apostavam no poder de uma fortuna que, embora abalada pela guerra, pela crise de 1929 e pela morte de Karl Wittgenstein, seu patriarca e forjador, ainda era muito grande e lhes deveria garantir um porvir seguro.

Porém, na Europa, a guerra mundial de 1914-1918, além de não ter curado feridas, causara outras... Os derrotados não se entendiam como tal e se sentiam injustiçados pelo Tratado de *Versailles*; os vitoriosos, por sua vez, superestimavam seu poder. A questão judaica, então, era motivo e pretexto para mais e mais tensão. E, por fim, do leste ainda vinham os ventos russos. Esses vetores se exprimiam, principalmente, pela ascensão de Mussolini na Itália, com o fascismo, e Hitler na Alemanha, com o nazismo, os quais, empoderados e cada vez mais consolidados em seus Estados, empolgavam multidões e varriam seus adversários.

Em princípios do século XX, o magnata Karl Wittgenstein foi o homem mais rico da Europa. De Viena, comandou um portentoso cartel do aço, potestade industrial baseada na siderurgia. Sua riqueza perdurou, mesmo com o colapso do Império Austro-Húngaro, este arranjo de muitas nações, etnias e povos que se esboroou ao final da Grande Guerra. Heróis em combate, condecorados por bravura, os filhos Paul e Ludwig Wittgenstein tinham que resolver os destinos da família, e deviam pensar em si e nas irmãs.

Ludwig, que abrira mão de sua riquíssima herdade em favor do irmão, já vivia quase todo o tempo na Inglaterra, onde estudava e lecionava em Cambridge. Era o autor do muito comentado e pouco lido *Tractatus Logico-Philosophicus*, obra-prima de filosofia, lógica e poesia. Escrito nas trincheiras, talvez seja o texto literário mais perfeito já redigido, embora renegado pelo próprio autor.

Paul, como o irmão, era um gênio, mas da música. Pianista e concertista famoso, mesmo tendo perdido um braço em batalha, fora aluno de Brahms. E Maurice Ravel compôs uma obra para ele, o *Concerto em ré para a mão esquerda*. Paul já estava decidido a emigrar para a América. As irmãs Hermine e Helene, porém, não admitiam sair da Áustria.

Nessa manhã de 21 de junho de 1936, na mansão chamada de *Palais* Wittgenstein, na *Alegasse*, os dois irmãos conversam sobre os caminhos a seguir ante os avanços do nazismo:

– Paul, meu caro, sinceramente, não vejo motivos com que devamos nos preocupar além da conta: somos da raça alemã, lutamos por nossa pátria na guerra, estivemos no *front*, tu perdeste teu braço pela pátria. Nossa família sempre sustentou obras de caridade. Boa parte da vida cultural e da produção artística da Áustria foi e ainda é bancada por nosso mecenato. E Hitler não quer a Áustria. A Áustria não tem qualquer utilidade para ele. Viena não é Munique...

– Veja bem, *Klein* Luki – em família o irmão mais novo era tratado pelo seu apelido de infância –, eu gostaria de partilhar de teu otimismo. Mas Hitler quer, sim, a Áustria; lembra-te, ele é daqui. Na verdade ele já a tem, pois o governo de Dolfuss foi totalmente alinhado ao nazismo e Schuschnigg hoje não tem mais força alguma, logo cairá.

– Cairá?!

– A meu ver, falta apenas a anexação formal à Alemanha, já que a absoluta maioria de nossos compatriotas a quer. O exército alemão não terá qualquer dificuldade. E, uma vez anexada à Alemanha, a legislação sobre nosso destino serão as leis de Nuremberg. Vocês me tratam como uma Cassandra, mas o caos que tenho ousado predizer logo nos alcançará, se ficarmos em Viena...

Ludwig desdenha, com um gesto, do vaticínio do irmão. A subserviência austríaca não chegaria a esse ponto, acreditava.

Paul retoma seu alarmismo:

– E lembro que não temos sequer a condição de *Mischling*, nem mestiços alcançamos ser. Judeus, Luki, somos judeus, quer gostemos ou não. Nossa mãe tinha meio sangue judeu, mas nosso pai era inteiramente judeu, embora nenhum dos dois praticasse o judaísmo. Temos três avós totalmente judeus. Assim, temos três quartos de sangue judeu, o que em breve nos tirará a cidadania e já nos põe hoje na mira do nazismo...

Paul, propositadamente, repetiu e acentuou a palavra *judeu*, que costumavam evitar, e prossegue:

– Vou insistir contigo, tens que me ajudar a convencer as nossas irmãs, elas devem emigrar, que venham comigo enquanto é tempo. Por favor, me ouçam. Eu, para mim e para Hilde e as crianças, já tenho quase tudo encaminhado... Mas temo que até mesmo essa minha iniciativa seja tardia.

– Hermine e Helene não ouvirão teus apelos, elas não irão contigo, não deixarão Viena... Elas, por sua autocompreensão como elite nobiliárquica, muito mais do que eu, se consideram intocáveis. E irão tentar obter uma *Befreiung*. Esse pedido de reclassificação racial terá como pretexto a alegação da velha história de que o nosso avô Hermman Christian seria filho bastardo do príncipe de Waldeck da Saxônia, com o que seríamos reclassificados como *Mischlinge*, mestiços, e ficaríamos isentos, já que teríamos então metade do sangue puramente alemão.

– Bobagem! – Paul elevou a voz, impaciente, seu único braço foi erguido em direção ao teto, o olhar desconformado com a teimosia do irmão e das irmãs também se alteou. – Mesmo que se obtenha a *Befreiung*, teremos que pagar caro por ela aos nazistas. Mas temo que nem a fortuna deixada por nosso pai irá resolver.

– Calma, Paul. Nossas irmãs são muito respeitadas. Eu também acredito que não sofrerão qualquer tipo de coerção física. Há pessoas e reputações que não serão tocadas pelos nazistas...

Enquanto Ludwig tenta sossegar o pavor do irmão, entra na sala o mordomo do *Palais* e, tendo sido autorizada sua aproximação, estende uma bandeja de prata e entrega ao mais velho dos irmãos um cartão. Paul o lê e, assustado, com a mão trêmula, o alcança ao irmão. Trata-se da notícia da morte, há poucos minutos, do professor Moritz Schlick, assassinado por um membro do Partido Nazista.

Então, bem mais que o pesar pela morte de um amigo e grande intelectual, o medo pelo que virá toma conta também de Ludwig: Schlick era alemão, completa e indiscutivelmente. Seu pecado, aos olhos do Partido Nazista, era ser ateu, defender a universidade, a ciência e a ideia de uma compreensão lógica e racional do mundo, consubstanciada no positivismo lógico e preconizada pelo Círculo de Viena.

Se até alemães *pur sang*, famosos e respeitados no mundo todo como Moritz Schlick, caem ante a sanha do nazismo, o que virá a ser dos que têm algum sangue judeu?

II
DZIEN DOBRY, BARRO

Os limites de minha linguagem
significam os limites de meu mundo.
Ludwig Wittgenstein,
Tractatus Logico-Philosophicus,
aforismo 5.6

A composição seguia veloz pelo trecho de curvas suaves. Progredia rápida e naturalmente, com pouco resfolegar e fumaça. De Boa Vista do Erechim em diante o aclive era distribuído e quase imperceptível, então a fornalha consumia menos lenha e a locomotiva potente fazia pouco barulho. A mirada era um mosaico de áreas com mata intacta, glebas recém-desmatadas, queimadas e lavouras, num tapete de retalhos geométricos que se esparramava pelos vales à esquerda e à direita do caminho de ferro. Estas partes com roça, por sua vez, apresentavam nuances e matizes que se alternavam pelas palhas pálidas do milho seco e dobrado, ainda por colher da safra de verão, pelas terras vermelhas rasgadas por sulcos de arado de bois e pelo verde tenro do trigo recém-germinado.

Como a ferrovia serpenteava por sobre a crista do espigão mais alto e divisor de águas dessa parte da região norte do Rio Grande do Sul, Günter podia visualizar longe para os dois lados o cenário realçado pela curva do céu que seria sempre azul, não fossem as nuvens plúmbeas indicando mais frio. Se a paisagem, a um tempo bela e misteriosa, não lhe despertava tanto interesse, também é verdade que não tinha nada mais a fazer senão admirá-la, já que tivera tempo suficiente para remoer suas recentes desditas durante a viagem e mesmo antes. Então, aproveitava o cenário cambiante para distrair suas preocupações e a tensão pela chegada ao destino, em mais ou menos meia hora.

Na medida em que o trem avançava, algumas casas apareciam e logo sumiam, umas mais perto, outras ao longe. Certamente eram sedes de propriedades coloniais, e em todas se via a fumaça dos fogões à lenha. "As mulheres devem estar fazendo almoço", ele pensou e pegou o relógio para constatar que, de fato, já iam as dez horas dessa manhã gelada de junho. Quis estar próximo de um fogão, aquecido, acolhido, aconchegado, apascentado e seguro como era na casa dos pais. A reiterante melancolia causada pela saudade do pai, da mãe e da irmã mais nova lhe invadiu as ideias. Numa reação instintiva, passou a mão sobre a fronte, como para afugentar a sensação de desamparo e as lembranças de um passado recente que fora obrigado a abandonar, e retomou a concentração na nova vida que começaria.

No vagão de segunda classe em que viajava, os bancos de madeira eram simples e duros. Além dele, de alguns moradores locais que haviam embarcado em Boa Vista do Erechim e de dois ou três sujeitos com ares de caixeiros-viajantes, havia uma família de imigrantes poloneses, os Nowak: o velho, viúvo já encanecido, mas com braços vigorosos, seu filho e sua nora com três crianças pequenas, uma delas recém-nascida. "Fugitivos da crise do capitalismo europeu, que cospe seus excedentes", constatou Günter, quase o dizendo em voz alta.

As diferenças linguísticas não o inibiram de fazer amizade com os Nowak, que, embora cansados, esfaimados e abalados com a perda recente da *babka,* forte e querida avó, ainda no navio durante a travessia do Atlântico, tinham um otimismo evidente. O velho falava um pouco de alemão, um alemão diferente do que Günter aprendera com os pais e avós, mas que serviu para a compreensão do quanto fora doloroso para aquele imigrante polonês ver o corpo da esposa ser jogado no mar. Paciência, *a Virgem a quis*, dissera o velho ao interlocutor quando este conseguiu expressar seus pêsames.

Mas nem a morte recente, nem a fome, as dores, o cansaço ou o frio pareciam abalar os Nowak, que ansiavam em se apossar da sua colônia de terras. Comparada ao desemprego, frio e fome na Polônia e às perspectivas sombrias de mais uma guerra no velho continente, a América oferecia-se como um lugar aprazível, abundante e seguro para se viver. *A terra prometida*, concluíra o velho, e Günter queria, intimamente, que de fato fosse assim para os imigrantes.

Quando da parada na estação de Passo Fundo, cerca de cem quilômetros antes da estação de destino, Günter comprara uma cuca inteira, que dividira com as crianças e sua pobre mãe.

– Como se chama o bebê?

E a tímida mulher, depois de compreender o que lhe fora perguntado com palavras e gestos, respondeu com o vigor de progenitora orgulhosa:

– Danuta Nowak.

E, pondo a mão na cabeça do menino mais velho, de uns cinco anos, acrescentou:

– Mieceslaw Nowak.

Depois, apontando para o outro menino, que se aconchegava no colo do pai:

– Stefan Nowak.

Então, erguendo a pequenina Danuta, repetiu com sua voz forte, quase gritada:

– *Brazylijski, brazylijski* – para dizer que a pequena nascera já no Brasil.

A cuca, a conversa e a companhia selaram a amizade com os imigrantes poloneses, que iriam desembarcar na próxima parada, a estação chamada de Vila Barro, também o destino de Günter. Depois, a família iria buscar o seu terreno perto de outra localidade, não servida por trem, chamada Princesa Isabel. Eles tinham um mapa e o documento de compra dessa terra, por 500 mil réis pagáveis em cinco prestações anuais, e os exibiram, orgulhosos, a Günter, para que ele os lesse. Pelo que pôde ver, era uma colônia de terras localizada às margens de um rio chamado Apuaê-Mirim. Perguntou-se como é que esses coitados iriam se virar, já que tinham pouco mais que as roupas surradas que vestiam e um baú com alguns pertences, como utensílios de cozinha, ferramentas simples, sementes. Pior: pelo que percebera, mal tinha lhes restado algum dinheiro para comprar os primeiros alimentos.

Embora Günter tivesse já seus problemas a incomodar seus pensamentos: esta viagem que não passava da etapa de uma fuga, agora para este fim de mundo; a invencível sensação de derrota; a perda trágica de companheiros; o constante medo da queda; o distanciamento da família; a necessidade de se calar, amortecer convicções e se submeter ao tio; o novo emprego... a contragosto, percebeu que aderia às suas preocupações o destino dos Nowak.

O apito da locomotiva avisou que estavam se aproximando da Vila Barro. Um pouco antes dela, a composição parou ao lado de um grande depósito de água, uma caixa de ferro colocada sobre uma estrutura circular feita de pedras quadradas. Dessa caixa d'água, por gravidade, a locomotiva foi abastecida, operação que não levou mais de quinze minutos, tempo em que a família Nowak e Günter fizeram promessas de se encontrarem novamente, assim que acomodassem suas respectivas vidas.

O trem retomou seu percurso e fez muito lentamente o quilômetro que ia da caixa d'água até a Estação Barro. Os primeiros olhares de Günter à sua nova cidade não melhoraram as perspectivas: duas, talvez três, centenas de casas, quase todas toscas, pouco mais do que galpões de madeira, espalhadas desordenadamente por algumas ruas enlamaçadas. Eram habitações pequenas, feias, escuras, apenas uma ou outra era caiada. Mais próximo da estação é onde havia o que se poderia chamar de núcleo urbano, algumas casas comerciais, todas com as portas fechadas pelo dia frio, escuro e ventoso. No topo de uma elevação mais alta, um tanto ao longe, uma igreja escura, de madeira, marcava a presença da religião.

O desembarque o distraiu novamente de seus pensares preocupados, até porque percebeu que um funcionário da empresa colonizadora aguardava os Nowak. Ele lhes disse *dzień dobry* (bom dia) e foi efusivamente respondido, provavelmente os atenderia e encaminharia.

Os tios estavam ali na plataforma, sorridentes, para recepcioná-lo. Albert Paulus Sonnenwald era irmão da mãe de Günter, um empresário que viera de Porto Alegre para ser comerciante e para fundar, na Estação Barro, com associados, uma fábrica de banha e embutidos. Para isso contavam com a grande oferta de suínos produzidos pelas novas colônias e com o escoamento fácil da produção, pela ferrovia, para os mercados do centro do país. A esposa de Albert, Emma Gudrung Sonnenwald, uma porto-alegrense educada em internato de freiras, ia estoicamente se adaptando à vida interiorana, a cuja monotonia e bucolismo a opção comercial do marido a obrigara.

Armando-se de sorrisos e afabilidade, em boa parte verdadeiros, Günter desceu do vagão e dirigiu-se aos tios:

– Tio Albert, tia Emma, que saudade de vocês!

– Günter, fizeste boa viagem? – os tios abraçaram-no efusivos, parecendo genuinamente felizes em receber o sobrinho.

– Sim, ótima, mas cansativa.

– Podias ter vindo na primeira classe, podias ter-te dado esse conforto, agora vais receber um bom salário...

– Não, estou há tempo sem nada receber, meu pé-de-meia já está com um furo no dedão, preferi economizar uns tostões... e foi até bom, porque na segunda classe acabei fazendo amizade com aqueles poloneses.

E apontou para os Nowak, distraídos com a atenção do homem da empresa colonizadora.

– Polacos chegam às resmas agora – disse o tio. – Primeiro vieram os italianos, depois os alemães, e agora só chegam polacos. Quase todos os italianos e alemães vinham das colônias velhas, já eram praticamente brasileiros, falavam português e tudo... Diabos é que esses aí só falam essa língua incompreensível. Melhor que fiquem entre eles mesmo... estão sendo colocados em lotes menores e dobrados, para aqueles lados de Princesa Isabel – apontou vagamente para o sudeste –, por lá fizeram umas vilas quase só deles...

– E o teu pai, tua mãe, os irmãos, tudo certo? – perguntou a tia, retomando a conversa protocolar.

Embora aparentemente prosaica, a pergunta era um ardil para, desde já, trazer o assunto da vinda do sobrinho. O tio caminhava para fora da plataforma com uma das malas de Günter, que, antes de responder à tia, deu um último aceno aos Nowak, os quais retornaram com expressivos abanos.

A tia *sabia* que ele estava há mais de um ano sem contato com a família.

– Sei que estão bem, tia Emma, mas não os vejo desde março do ano passado... Por precaução, não voltei mais para casa.

A provocação da tia ensejou essa inevitável resposta, que, por sua vez, deu a ela azo para abordar a presença do sobrinho ali e as condições do arranjo proporcionado a ele pelo casal. Günter sabia que essa conversa teria lugar, porém não imaginara que fosse tão cedo.

– *Mein Liebling*, tu vais ter que tomar juízo... Eu sei que tu já te compromissaste com teu tio, por carta, e teu irmão avalizou pessoalmente a tua decisão de te afastar definitivamente daqueles marginais e daquelas ideias nojentas. Mas nós queremos ouvir isso de ti, para te darmos esta chance.

Como Günter sabia que essa conversa era inevitável, também se preparara para não revidar, fosse qual fosse o nível de provocação, principalmente por parte da tia. A capitulação prévia, a aceitação passiva e irreativa eram necessárias para as coisas se acomodarem. Emma, por sua vez, querendo espicaçar o sobrinho e avaliar até onde ia sua ruptura com o passado de militância política, usava palavras propositadamente fortes. Porém, embora as desditas, Günter, no íntimo, não abrira mão de seus ideais, admirava os camaradas, preocupava-se com os que estavam presos e sofrendo torturas, lamentava os que tinham sido abatidos ou deportados, e os termos usados pela tia o ofendiam profundamente... Mas estava preparado para sublimar as palavras agressivas e, ao menos, fingir para os tios que deixara tudo para trás.

Enquanto terminava de colocar as malas de Günter no banco traseiro do luxuoso Auburn Phaeton 1935, um dos poucos automóveis que então transitavam pela Vila Barro, tão malservida de ruas e estradas, o tio Albert aproveitou a abordagem da esposa e prosseguiu no assunto:

– Nós já conversamos a respeito de política diversas vezes antes, em Porto Alegre. Não discordo de todo de tuas ideias, principalmente em Economia. Acho que tens até razão, não duvido que, na maioria do que pregaste, as coisas são assim mesmo, aconteceram e acontecem como está nos livros que estudaste.

Emma, no banco da frente do carro, torceu-se e esboçou discordar, mas foi contida pelo gesto enérgico do marido, que, tendo já embarcado, tirou a mão direita da direção e, com o indicador em riste, num mudo gesto patriarcal e autoritário, mandou-a calar, já que ele tinha assumido o assunto. Albert prosseguiu:

– Mas veja, Günter, aqui estou do outro lado. Sou gerente e um dos donos do Frigorífico Independência, a maior empresa da região. O Prestes está preso, derrotado de novo. O movimento fracassou, a polícia está atrás de ti. Se tu te mantiveres calado e largares mão de tuas teimosias, aqui jamais serás incomodado... Porém, é preciso que concordes com as condições que te proponho: nada, nem uma palavra, nem uma atitude, nenhum contato com teus camaradas. Assumirás, já amanhã, a chefia da produção de banha no frigorífico.

– ...

– Contamos com tua experiência na banharia. Tua contratação será bem-vinda pelos sócios, que não sabem de teu passado, o que eles sabem é apenas de tua experiência anterior como militar e no Frigorífico Renner. O nosso está funcionando há pouco mais de um ano e já está próspero, não vencemos os pedidos. Temos matéria-prima e capacidade de abate, mas emperra na banharia. Precisamos de ti para otimizar a produção e melhorar a qualidade de nosso produto.

O tio tomou fôlego, enquanto colocava o automóvel em movimento. Esperou um pouco e continuou, categórica e pausadamente, agora especificando os termos do acordo verbal que impunha ao sobrinho:

– À primeira conversa política que tiveres com os operários, ao primeiro contato que tiveres com algum membro do movimento que te pôs a perder, ao primeiro contraponto que fizeres a algum italiano fascista (e são muitos por aqui...), por mais que sejas meu sobrinho preferido, te demito, te expulso desta vila e te deixarei de volta à mão dos meganhas. Entendido?

Haviam chegado ao casarão novo dos Sonnenwald, uma das poucas construções de alvenaria, uma mansoneta de dois pavimentos e quase quatrocentos metros quadrados, que destoava da maioria das outras habitações do povoado, paupérrimas. Albert manobrou e estacionou o auto ao lado da casa. Antes de descerem, arrematou a conversa:

– Tu podes ficar aqui em casa o quanto quiseres. Os terrenos no Barro são baratos, logo mais poderás comprar um, construir tua casa e tocar tua vida livremente. Porém, reitero, essa liberdade tem vedações, já te falei delas. Mais-valia, Marx, Prestes, Partido, classe operária, luta de classes: estas te são, a partir de agora, palavras proibidas. Se aceitares isso, podes ficar, e espero sinceramente que fiques. Se não aceitares, amanhã já podes tomar o trem para onde quiseres.

Desceram do carro. O tio se pôs de frente, face a face, com o sobrinho, as mãos firmes em seus ombros:

– *Ex dicit*? – perguntou, afeito que era ao latim e sua força sentenciante.

Günter anuiu, já sabia dessas cláusulas. Não pretendia trair o apoio do tio, que estava sendo franco e claro. Se, intimamente, permanecia vinculado à causa e aos camaradas, também estava convicto de que morto, preso ou na ilegalidade era de nenhuma serventia. Fora disso, estas eram suas opções: a prisão certa em Porto Alegre ou seguir de trem para São Paulo. Lá talvez tivesse alguma chance, mas seus contatos tinham caído também, porque poucos militantes escapavam da polícia política getulista.

Finalmente, vivendo aqui com o tio e família, com emprego, segurança e conforto, talvez logo pudesse retomar contato com seus pais e irmãos. Então, estava decidido a viver essa semiclandestinidade. Mas entendia o compromisso com o tio como territorial e precário: a qualquer tempo poderia ir embora da Vila Barro e, longe dali, retomar suas lides políticas.

III
COM O RABO NO MEIO DAS PERNAS

Os fatos no espaço lógico são o mundo.
Ludwig Wittgenstein,
Tractatus Logico-Philosophicus,
aforismo 1.13

Na tarde do mesmo dia em que Günter chegara à Vila Barro, Albert levou-o para conhecer o Frigorífico Independência. Ali Günter foi apresentado a Maximino Ghirardelli, o sócio que respondia pela comercialização. Durante a visita se deu o primeiro teste do compromisso assumido por Günter com seu tio. Ocorre que, verificando superficialmente o processo de produção, ele já fez algumas observações, embora tivesse pedido uma semana para sugerir modificações mais profundas. Enquanto trocavam ideias iniciais, Maximino saiu-se com a seguinte afirmação a respeito dos operários:

– É um bando de vadios. Não querem mais nem trabalhar no sábado de tarde. Daqui a pouco vão querer o sábado todo de folga. Só querem receber o salário. Deveríamos poder usar a chibata, para fazer esses bostas renderem mais.

Günter sentiu o olhar de canto de olho do tio sobre si e não esboçou reação. Albert riu um riso forçado, contemporizando e tomando o dito como brincadeira.

– Maximino, não generalize, temos excelentes empregados, tu bem o sabes. E fala baixo, porque alguém pode ouvir essas tuas bravatas e teremos uma situação desagradável. Agora, quanto a aumentar a produtividade, tenho para mim que é uma questão de nos organizarmos melhor. Günter veio para isso.

Mas o italiano não pretendia mudar de assunto, e seguiu arengando, despreocupado que algum empregado o ouvisse:

– E é bom que ouçam. Sou eu quem mata a fome desses analfabetos moloides. Pagamos demais para ver o refino de banha emperrar e acabarmos atrasando entregas. Escuta aqui, Günter, tu vês: temos uma mercadoria cara, de mercado certo e lucrativo. Achas certo que, por incompetência desses peões, a empresa deixe de ganhar?

– Olhe, seu Maximino, já vi que há algumas coisas de desconhecimento pelos funcionários de certas técnicas e procedimentos. Temperatura excessiva, por exemplo... temos que regular as caldeiras, isso precisa ser providenciado.

– Bem, meu rapaz, espero que teu tio tenha razão, e que saibas mesmo lidar com o processo industrial. Veja bem: muita gente respeitável investiu aqui neste frigorífico, principalmente o Albert e eu. Nessa marcha, em sete anos obteremos de volta o valor que enterramos aqui. Se conseguirmos aumentar em um terço a produção, esse prazo cai para quatro ou cinco anos.

– ...

– E os mercados por banha só tendem a subir, praticamente toda produção de alimentos precisa dessa gordura. As únicas alternativas possíveis são a manteiga e o azeite de oliva, muito mais caras, com elas seria impossível prover os mercados.

Maximino Ghirardelli falava assim, arrogava-se autoridade proporcional ao seu investimento, ou até maior. Ele e Albert tinham, cada um, 25,5% das quotas. A Albert, mais contemporizador e organizador, cabia a direção-geral da sociedade, e a Maximino, mais agressivo e competidor, tocava a gerência comercial.

Para retrucar, Günter foi cuidadoso; afinal de contas, embora credenciado por ser sobrinho do outro sócio majoritário e tivesse vindo para ser um chefe de seção, estava ali assumindo papel subalterno, de operário. E Maximino era, obviamente, um patrão que não hesitaria em fazer valer sua posição hierárquica. Assim, foi diplomático:

– Concordo com o senhor, este é o momento de produzir o máximo, pois o mercado da banha, em até médio prazo, deve ganhar corpo. Porém, temos que considerar que talvez não fique para sempre assim. Nos Estados Unidos já existe produção comercial de óleos vegetais, além do azeite de oliva, a partir de cereais de produção em escala. Mesmo aqui no Brasil já existem experimentos para produzir e extrair óleo da soja. O senhor não acha que talvez venha daí uma alternativa à banha? E isso não virá a comprometer nossos mercados?

Assim, de forma perguntada, a contraposição deixava honra ao pretenso conhecimento e autoridade do outro, dando-lhe o obséquio da última palavra. Maximino até gostou, positivamente surpreso com alguém que reputara inicialmente apenas mais um simples operário, a ter emprego por ser parente de um associado, e que, entretanto, mostrava evidente qualificação. Pegou Günter pelo braço e, em tom professoral, encerrou a discussão:

– Óleos vegetais... bobagem! Caros para produzir e, líquidos como são, difíceis de armazenar, transportar e comercializar no atacado. Já a banha é sólida, a dona de casa vai na venda, pede um quilo de banha, o comerciante joga num prato de balança e pronto. E pensem no leva e traz de garrafas... E essa tal de soja, então, nosso produtor jamais trocaria milho e trigo por esse feijão piorado.

Os interlocutores apenas assentiram. Tudo acertado, Günter foi formalmente contratado e trataram de apresentá-lo aos operários do turno. Começaria no dia seguinte, cedo. Eram três e meia da tarde, e, mesmo sendo inverno, tinham ainda umas três horas de claridade.

– Sei que deves estar podre de cansado, viraste a noite no trem. Mas vamos para casa e sairemos para eu te mostrar a vila. Quero te apresentar ao frei Pancratius. E passaremos também no Clube Barrense, tomaremos um *Schnaps* em homenagem a tua chegada.

IV
PERPLEXIDADES AMOROSAS

O mundo resolve-se em fatos.
Ludwig Wittgenstein,
Tractatus Logico-Philosophicus,
aforismo 1.2

O banho quente, regalia que o casarão dos Sonnenwald proporcionava mesmo naquela vila de fim de mundo, revigorou Günter, e saíram ambos a caminhar, ele e o tio. Faziam boa figura os dois, belos, esguios, elegantes, com seus sobretudos, suas mantas de lã crua e seus chapéus.

Albert Paulus Sonnenwald, embora fosse tio de Günter, era ainda jovem, tinha 37 anos. Empreendedor nato, conquanto viesse de família de sólidos comerciantes e tivesse uma retaguarda financeira consistente, já havia multiplicado por dez o montante disponibilizado pelo pai, há quinze anos. Quase tudo ia bem, era próspero nos negócios, tinha as filhas pequenas, que eram seu lenitivo e sua alegria. Apenas duas coisas, no entanto, remotamente o inquietavam: o imediatismo dos sócios, por cuja cupidez insaciável não se satisfaziam nem com os bons resultados que vinham sendo obtidos até aquele momento, e a indefectível resistência de Emma em morar na Vila Barro. Somente a circunstância familiar, o padrão moral de católica fervorosa, no qual a esposa deve seguir incondicionalmente o marido, é que a fazia resignar-se à vida interiorana.

Já Günter Ewald Klimt era competente chefe de seção em um grande frigorífico quando o ativismo no movimento operário, aliado às leituras dos clássicos que vinha fazendo ametodicamente desde os doze anos, levou-o a aderir à Aliança Nacional Libertadora, de Luís Carlos Prestes, a quem admirava desde o serviço militar. Quando o movimento fracassou e iniciou-se a perseguição aos militantes, foi ele um dos poucos a conseguir evadir-se, tendo vivido meses a fugir, migrando de um esconderijo a outro, às vezes de um buraco fétido a outro pior. Literalmente, mesmo: chegara a passar dias em um buraco escavado sob o assoalho de uma casa em que se acoitara.

Nem cogitava se aproximar dos pais ou dos irmãos, pois sabia que a casa da família era vigiada, fora revirada por agentes da polícia de tal forma que até no forro do sótão subiram para recolher a pequena biblioteca de Günter. Por cartas e mensagens escritas é que a família (pai, mãe e irmão) tinha articulado a sua vinda para o acolhimento dos tios. O irmão mais velho é quem estivera recentemente na Vila Barro e obtivera a concordância e ajuda de Albert e Emma em abrigar o sobrinho, sob condições. Günter tinha vivido no último ano e meio uma profunda angústia, e não apenas por si, mas pela derrota recente e pela falta de perspectivas.

Enquanto caminhavam, às vezes com pequenos saltos para evitar a lama, conversavam como dois amigos, e talvez o fossem. Sempre tinham sido próximos, mas Albert mal escondia certo desconforto com as facilidades intelectuais e as posições ideológicas do sobrinho. Exceção feita apenas desde a conversa decorrente da chegada do sobrinho pela manhã, em que as circunstâncias exigiram positividade do tio, nunca houvera uma contraposição entre ambos. E agora, que reviviam uma velha relação, pareciam dois camaradas indo juntos para a noite boêmia de Porto Alegre.

Günter ofereceu um cigarro ao tio, que recusou; não fumava mais. Passada a má impressão inicial, via agora tudo com melhores olhos: havia várias construções de casas e armazéns de alvenaria, sinal de que o lugarejo prosperava. Comentou esse novo olhar com Albert, que voltou a falar na pujança do setor da banha, e que a cidadezinha deveria se desenvolver ainda mais; estava para entrar em operação uma cooperativa de criadores de porcos, que ia montar outro frigorífico no Barro. E, na sua opinião, havia matéria-prima e mercado de sobra... Mas logo mudou de assunto.

– Te saíste bem com o Maximino. E aquele é osso duro de roer...

– Fiz apenas o que me propus... Tio, entendi bem o papel que devo representar.

– Melhor que seja assim. Que bom. Olha, quero muito que tudo dê certo para ti. Não penses que somente teu pai e tua mãe sofreram com teus recentes percalços...

Albert colocou um braço sobre os ombros de Günter, que se emocionou, pois esse era o primeiro gesto físico de afeto que recebia em mais de um ano. Os Klimt eram pouco dados a demonstrações de afetividade, mas o ambiente familiar sempre fora de muita proximidade e respeito. Isso vinha lhe fazendo falta.

Foram conhecer a igreja, Albert queria apresentar o sobrinho ao pároco. Advertiu que, nessas plagas, não havia espaço possível a não cristãos. Aviso desnecessário, Günter já sabia muito bem que não poderia manifestar sua posição a esse respeito. Era luterano por sua origem familiar, mas hoje andava livremente no território teológico-filosófico que ia do teísmo antirreligioso até o ateísmo, passando pelos agnosticismos afirmacionista e negacionista.

Estavam se aproximando da igreja paroquial, um horrível galpão de madeira escura que a Günter lembrou o Leviatã bíblico: o portal como uma bocarra, encimada por dois janelões de vidro à guisa de olhos, e os baixos torreões laterais como patorras prontas a sustentar um salto para devorar os incautos. A conversa sobre conveniências religiosas foi interrompida ao perceberem uma dissensão, externada em falas gritadas, reciprocamente incompreensíveis aos contendores.

Günter reconheceu como uma das partes que antagonizavam junto à casa paroquial... os seus amigos Nowak! Pelo visto, estavam para ir às vias de fato com duas beatas e um coroinha. Então, por mais que os tios lhe tivessem demandado cautela em suas participações sociais, não pôde deixar de acorrer. E, já ao se aproximar, foi recebido com um grito de alívio e socorro pelo patriarca Waclaw, que o chamou de amigo em alemão:

– Günter, *Freund*!

E desandou a explicar, num misto de polonês e alemão arrevesado, o que queriam. Pelo que pôde assimilar da fala bilíngue do velho e pelo tagarelar das beatas, Günter entendeu os motivos do dissenso: os Nowak queriam batizar a bebezinha Danuta agora. Isso porque na madrugada vindoura partiriam, em um caminhão da companhia colonizadora, para serem instalados em sua gleba e, sabedores da distância e do isolamento em que ficariam por um bom período, não queriam que a pobrezinha ficasse esse tempo na condição de pagã. As beatas e o coroinha, por sua vez, não entendiam nada do que a família falava, apenas não queriam perturbar o padre, que já se recolhera.

Annika Nowak repetia, com sua voz forte e sempre quase aos brados, as palavras *kaplan* e *chrzestnych*, exigindo aquilo que lhe era devido como cristã fervorosa: que a filha fosse batizada por um padre católico. Quando soube do que se tratava, Albert pegou o coroinha pelo braço e mandou que chamasse o padre.

Frei Pancratius, sem demora, veio ter com eles. Era o pároco da Vila Barro e de toda uma imensa região que ia até além da divisa com Santa Catarina e o Contestado. Um velho franciscano de olhar bondoso e ares de apreciador dos encorpados vinhos artesanais que vinham sendo fabricados pelos colonos italianos. Inclusive a vermelhidão de seu rosto e o andar um tanto trôpego sugeriam que três ou quatro copos tinham sido ingeridos antes das orações vesperais desse dia frio. Bonachão, fez todos entrarem na casa paroquial, inclusive os temerosos poloneses que, de cabeça baixa, humilíssimos, quiseram beijar a mão do sacerdote.

– Meu bom Albert, que confusão arrumas? Quem é esta gente?

Albert fez as apresentações, explicou a presença ali do sobrinho e daqueles que chamou de polacos. O padre apertou a mão de Günter, deu-lhe rápidas boas-vindas e, tendo se assenhorado da situação, determinou:

– Estes cristãos quase desamparados merecem nossa acolhida imediata. E lembremos que a sagrada família também foi imigrante... Além disso, louváveis são seus esforços para cumprir com os sacramentos! Sim, façamos já o ingresso desta pequena alma para as hostes do Senhor. Chiquinho, traga os paramentos, o jarro e a bacia batismal...

O coroinha desabalou-se em buscar a estola e os equipamentos.

– E os padrinhos? – perguntou o padre, dirigindo-se a Albert.

Este deu de ombros para demonstrar que nada sabia e olhou para Günter, que, por sua vez, fez o mesmo gesto e perguntou em alemão ao velho Nowak, dizendo a palavra padrinho em alemão:

– *Pate*?

Waclaw olhou para o filho e a nora, perguntando pelo padrinho de batismo:

– *Ojciec chrzestny*?

Boleslaw Nowak e Annika Nowak responderam em uníssono, quase gritando, categóricos, indicando seu único amigo brasileiro, dizendo o nome dele da forma que conseguiam pronunciar:

– *Guinta*!

Este, surpreso, sem saber o que dizer, um tanto atarantado, balbuciou uma escusa:

– Mas, porém... eu sou... – ia dizer de sua descrença, mas olhou para Albert, que não pôde ajudá-lo. – Eu sou... protestante!

Fosse um padre mais próximo da ortodoxia católica e teria tomado isso como empecilho. No entanto, frei Pancratius tinha uma compreensão bem abrangente de cristandade e da obra divina. Além disso, àquelas alturas, com o dia frio já dando sinais que daí a pouco seria sucedido por uma noite gelada, queria muito voltar para o aconchego do fogão à lenha e cobertores canônicos, por isso não levou em conta o obstáculo.

– *Filius Dei*. Somos todos filhos de Deus, e tu és cristão. Se operas em erro por seres adepto do Protesto, a Santa Madre Igreja espera que um dia compreendas que ela é única e verdadeira. Mas, como eu disse, és filho de Deus e cristão, é o quanto basta para apadrinhares uma alma cristã...

– Certo, padre, mas agora falta uma madrinha. Poderia chamar Emma, mas, neste momento, ela não está em casa, está no colégio das irmãs, onde ela dá aula de corte e costura às esposas dos operários. Talvez uma das senhoras do apostolado...

Essa sugestão de Albert não agradou ao frei Pancratius. Não se tratava apenas de achar alguém meramente para suprir uma vaga. Era preciso compromisso futuro, e disso não abria mão. As beatas eram velhas e já tinham suas atribuições paroquiais. Virou-se para a mais nova das duas, uma matrona viúva que usava preto dos pés à cabeça:

– Dona Luzia, a senhora, que mora aqui bem perto, chame já uma de suas filhas para amadrinhar esta pequena.

Ordem do padre era ordem cumprida, e lá se foi a mulher chamar uma de suas filhas. Enquanto isso, Albert disse a Günter que ia providenciar alguns cobertores e roupas para os Nowak, a serem entregues logo depois na hospedaria do Finkelstein, onde eles iam pernoitar.

– *Guinta, óbrrigadu, óbrrigadu*! – diziam Waclaw e Brunislaw, pronunciando repetidamente a primeira e até agora única palavra em português que haviam aprendido.

A beata Luzia Dell'Agnoli não demorou senão cinco minutos e entrou na casa canônica com a filha Raquel. Günter estaqueou.

Mas era uma criatura saída do paraíso, esta moça de quinze ou dezesseis anos! Pequena, esbelta, esguia, vastos cabelos loiro-acastanhados, cuja rebeldia era contida por um laço de fita azul, tão azul quanto os olhos que teimavam em disputar primazia com o rosto angelical e harmônico... Tímida e sorridente, Raquel cumprimentou a todos, estendendo a mão. Günter, atordoado, apertou a mão macia da moça e disse um boa-tarde tartamudeado, respondido por ela em voz baixa e com o olhar voltado para o chão.

A timidez da moça não a fazia pouco destrinchada. Sorriu e falou vários *queamores* e *quebelins* para Annika, referindo-se à Danuta e aos dois outros pequenos, Miecesław e Stefan. Estes, que estavam acocorados em um canto da sala de entrada da casa canônica, roendo dois nacos de pão torrado que a beata mais velha lhes alcançara, mal se moveram. Embora a distância dos idiomas, pois Raquel falava italiano e português, línguas latinas, e Annika somente o polonês, de origem eslava, a linguagem universal da simpatia e amistosidade parecia funcionar. Annika, feliz e orgulhosa da sua prole, sorria à grande.

– *Matka chrzestna*! – falava, ternamente, a Raquel, dizendo madrinha de batismo em polonês e passando sua mão grosseira e calejada, em um carinho quase devocional, pelo rosto lindo da moça sorridente.

Então, no colo de Raquel, Danuta rapidamente entrou para a cristandade. E seu perplexo, deslumbrado e embasbacado padrinho, para o círculo das paixões mundanas.

V
A VIDA PODE VIR A SER BOA

O pensamento contém a possibilidade
da situação que ele pensa.
O que é pensável é também possível.
Ludwig Wittgenstein,
Tractatus Logico-Philosophicus,
aforismo 3.02

– Mas tu te borraste todo para aquela guriazinha da viúva Dell'Agnoli, hem? Acho que até tua afilhada, com menos de quinze dias de idade, percebeu que te caíste pela italianinha...

– Que é isso, tio?! Não passa de uma menina... – Günter, constrangido, se esquivava das brincadeiras de Albert.

Como já estava anoitecendo, voltaram a casa para pegar cobertores e roupas para os Nowak. Houve um estrondo na usina, sinal de que o gerador da Empresa Força e Luz

Barrense começara a trabalhar, e as luzes nas casas foram sendo acesas. Emma foi chamada do colégio das irmãs, ao lado, e veio separar dois sacos para doar. Puseram no Auburn Phaeton e rumaram para a hospedaria dos Finkelstein, onde os agora compadres de Günter iam pernoitar.

A tralha deles já estava no caminhão da colonizadora, e Günter surpreendeu-se: havia alguns sacos de mantimentos, como farinha, arroz, sal e banha. Como eles puderam comprar, se Günter sabia que mal lhes restara uns trocados? Hermann Finkelstein, também vendeiro, elucidou:

– Não me preocupo, essa gente sempre volta para pagar. Nunca perdi o fiado para imigrantes...

Dali rumaram para o Clube Barrense, logo na esquina da outra quadra, onde os pró-homens da sociedade local costumavam comparecer no final do dia para tomar seu aperitivo: comerciantes, os poucos industrialistas, funcionários graduados da Viação Férrea, escriturários, bancários, alguns colonos mais prósperos, o diretor da empresa colonizadora, o escrivão, o subprefeito, o subdelegado, o agente postal... Aos operários, colonos mais pobres, tucos da ferrovia, tarefeiros de erva, peões de construção, tocava ir a uma das outras quatro ou cinco bodegas e clubes étnicos da cidade. Fato é que os homens, fossem ricos, remediados ou pobres, quase todos tinham o hábito, depois de encerrada a labuta do dia e passada uma água nos pés e no rosto, de dar pelo menos uma chegada no bar para tomar uma ou duas pingas, jogar canastra, *treissete*, nove ou escova.

O Clube Barrense, de público um tanto seleto, tinha ainda como atrativo a cancha de bolão, o boliche alemão, mais rústico e pesado. Então, mesmo naquela noite fria, alguns jogavam ou assistiam bolão, duas duplas jogavam canastra e outro círculo bebia junto à copa. Albert atirou seu chapéu em uma chapeleira na entrada e, com acenos de cabeça, cumprimentou genericamente os que jogavam ou peruavam, atravessou a fumaceira de cigarros e dirigiu-se ao grupo do balcão, sendo imitado por Günter.

Com a chegada dos dois, o grupo interrompeu a conversa, que vinha animada, e, antes que Albert o fizesse, Maximino Ghirardelli apresentou Günter aos outros. Fez isso como um trunfo, falou de qualificação de mão de obra. Todos foram muito corteses e cumprimentaram o rapaz com apertos de mão, desejando-lhe boas-vindas.

Enquanto Albert pedia ao ecônomo duas pingas da boa, a conversa foi retomada. Falavam sobre o *football*, e Maximino, evidenciando ter já ingerido alguns talagaços de aguardente, insistia na importância de o Barrense vencer o Ypiranga, de Boa Vista do Erechim, em jogo que viria a acontecer no segundo domingo do mês seguinte. Albert disse que Günter era praticante do *football*: há três anos ele jogara no Renner de Porto Alegre, que disputava o citadino e o Campeonato Gaúcho.

O grupo se interessou, precisavam mesmo de atletas, e foi um já para acertarem que Günter, no próximo sábado à tarde, treinaria com o time do Barrense *Football Club*. Interesse recíproco, e o acerto agradou-lhe, já que gostava muito do esporte, ressalvando, no entanto, estar fora de forma.

Maximino Ghirardelli dominava a conversa, e continuou:

– Nosso *team* é bom, bem melhor que aquela negrada... E, se quisermos logo mais falar em emancipação, teremos que enfrentar e ganhar também no *football*, porque no bolão já não tem ninguém melhor que nós de Passo Fundo até o rio Uruguai...

Ele falou assim, esquecendo ou não se importando que houvesse no grupo alguém de tez amorenada. E este era o Libiano, que fabricava, vendia e reformava fogões à lenha. Era um baixote atarracado, de bigodes bastos e cabelos cortados rentes para disfarçar o *pixaim*. Um dos melhores atletas do clube. Todos notaram o olhar descontente que dirigiu a Maximino, mas não quis encrenca.

O grupo do balcão naturalmente se dividiu: Albert, Maximino e outros três ficaram falando sobre política, guerra, Chamberlain, Hitler... Já Günter ficou conversando com Libiano e Francesco, também do time do Barrense. Ambos expressaram contentamento, certamente alguém que jogou pelo Renner era uma grande aquisição. Libiano era mais velho, taciturno, pouco falante e tinha um olhar franco e determinado. O outro, muito simpático, tagarela e agradável, não parava de contar anedotas, das quais ele próprio ria junto com os outros dois. Pelas costas de Maximino, imitava um tique daquele quando embriagado, um esgar que consistia em uma piscadela intermitente com o olho direito, acompanhada da contração da maçã do rosto.

Quando da pergunta, inevitável, do porquê de Günter ter saído do Renner, foi bom ter bastado a resposta evasiva alegando trabalho e viagens. Claro que não poderia dizer aos novos amigos que fora a opção pela militância partidária que o fizera deixar o Renner, mesmo sendo aquele um *club* operário.

Além do prazer com a conversa amistosa, descompromissada e engraçada, Günter logo percebeu pelos traços fisionômicos, notadamente os olhos azuis e o cabelo claro e basto, mas, principalmente, pelo patronímico, que um dos interlocutores e novo amigo, Francesco, era irmão de Raquel Dell'Agnoli, a bela moça por quem há pouco havia se enamorado. O dia, cuja perspectiva inicial, ainda no trem, era desagradável, tinha ido por bom caminho: uma senda esperançosa parecia se abrir.

Amizades seladas, trago tomado, acenados os *atelógos* protocolares, Albert afastou-se do seu grupo de conversa, jogou uns mil-réis no balcão e foram para a saída. Estarrecido, Günter ouviu que Maximino Ghirardelli discursava, ganhando murmúrios de aprovação:

– O momento está chegando... Hitler e Mussolini vão capar os judeus, a *negada* e os comunistas. E os polacos também, já que polaco não passa de *nego* virado do avesso.

VI
FASCISMO CONTRA CAÍDOS

O mundo é independente de minha vontade.
Ludwig Wittgenstein,
Tractatus Logico-Philosophicus,
aforismo 6.373

Encostados no balcão do Café Piereto, ao lado do Cine Guarany, o caixeiro-viajante sírio-libanês tecia lamúrias ao amigo. Ambos esperavam que o mocinho Tom Mix liquidasse os bandidos, a sessão de cinema acabasse e pudessem, ao menos, ver de longe as duas moças. Em um português bem falado, mas carregado de sotaque, Ytzak Chacour reclamava da velha Luzia Dell'Agnoli, que não permitia qualquer aproximação dele com sua filha mais nova, Isabel:

– Olhe, amigo Günter, eu tenho as melhores intenções, mas aquela harpia não quer nem me ouvir. Eu estou gostando muito de Isabel, muito, muito. Ajude-me, por favor... Tu conseguiste romper aquela fortaleza medieval, e estás namorando a Raquel. Günter, me ajude a ficar teu cunhado...

E, pela enésima vez, narrou a Günter como se apaixonara pela moça Isabel, como ficara maravilhado. A bela Isabel, diferente da irmã franzina e de estética mais delicada, era uma corpulenta italiana, por quem, já na primeira vez que o caixeiro fora à loja dos Dell'Agnoli vender tecidos e a vira ali, atrás do balcão, imponente, caíra de amores.

Günter também tivera dificuldades para encetar namoro com Raquel, mas vinha com a credencial de ser parente dos Sonnenwald, tinha um bom emprego ali mesmo no Barro, tornara-se amigo de Francesco, um dos irmãos... E, mesmo assim, só depois de três meses em que fora tratado como um cão sarnento é que a mão da moça lhe fora dada em namoro... Mas bem restrito esse namoro: apenas podia ver a sua preciosa duas vezes por semana, na missa dominical e na quarta à noite, na presença de toda a família. Cinema ou ir às matinês de domingo à tarde no Barrense, nem pensar!

Para Ytzak, então, as coisas estavam sendo bem mais difíceis: era forasteiro, sua família desconhecida, e, pior, de etnia completamente estranha à viúva Luzia. Para complicar ainda mais, Ytzak, em uma de suas tentativas atabalhoadas de aproximação, oferecera dinheiro à velha Dell'Agnoli para que esta permitisse seu namoro e casamento com a filha. Ela o pusera a correr:

– Mas o que é que esse turco está pensando? Que vou vender minha filha? – bradava a beata, que, sempre de preto, parecia uma das Moiras, aquela da tesoura, a selar para sempre o destino da paixão do infeliz e bem-intencionado Ytzak.

Era domingo à tardinha, e estavam os dois ali, justamente esperando a saída do cinema, para ver suas amadas. Günter prometeu que, na primeira oportunidade, tentaria convencer a zelosa viúva a dar uma chance ao amigo.

Na verdade, explicou Günter ao pretenso futuro concunhado, ela temia pelas suas filhas (eram três, mas a mais velha já estava casada e não morava mais na Vila Barro), que viessem a ter o mesmo destino que sua irmã mais nova, Selmira. Pobre Selmira... Tinha engravidado solteira, o que, naquela vila e perante a religiosíssima colônia italiana, só não equivalia à sentença de morte porque não era o que a Santa Madre Igreja prescrevia. Mas a infeliz fora condenada a, pelo resto de sua vida, não sair mais de casa, não conversar com ninguém a não ser com a mãe, e apenas o estritamente necessário. Nem à igreja podia ir; o padre lhe levava a comunhão em casa. O pai da criança, um capataz da ferrovia que a havia desonrado, teve a hombridade de vir disposto a assumir e casar com Selmira. Mas o crime era tão grande que o alertaram de que o pai da moça o iria matar, se tentasse se aproximar deles. Apesar dessa ameaça, o infeliz ainda tentou conversar com a família ultrajada, mas mal conseguiu se aproximar e apenas teve a sorte de não ser alvejado, os disparos passaram zunindo.

– Günter, tenho as mais perfeitas intenções! Jamais iria me passar com a Isabel. E olhe, sou cristão maronita, mas basta que me seja permitido namorá-la e adoto o rito católico romano...

– Eu acredito, Ytzak, mas o problema nem é tanto a religião, embora isso também seja empecilho. Lembro a ti que eu próprio sou, por minha origem, luterano. Acontece que a tragédia da tia Selmira, a quem nem conheço, é muito recente, a priminha de nossas bem-amadas tem menos de seis meses... Tenha calma, devagarito vamos domando a velha...

– Tu sabes que andei passeando ali perto da casa deles, tentando ter a sorte de ver de longe a minha princesa. Pois a tinhosa saiu fora da varanda com um penico cheio e despejou na rua, na minha frente!

Ambos riram, isso era bem coisa de dona Luzia.

A sessão do Cine Guarany havia encerrado, um burburinho na saída do cinema indicou que o *far west O milagre do cavaleiro* havia acabado. Os dois se postaram na porta do Café Piereto, e logo as duas belas apareceram, junto do irmão Francesco, de guarda. Este, sem qualquer melindre em relação a Günter e mesmo a Ytzak, veio cumprimentá-los. Aí, displicentemente, Francesco entrou no café para comprar uma soda, deixando os dois casais apaixonados com alguns minutos para trocar meia dúzia de palavras. Se, para Günter, estes minutos já eram preciosos, para Ytzak foi a primeira vez que conseguiu conversar com Isabel. Foram poucas, mas encorajadoras palavras: sim, ela valorizava sua insistência, e pediu que ele não desistisse.

Logo a curta permissividade proporcionada por Francesco acabou, ele veio de dentro e piscou, fazendo ares de cúmplice, para os futuros cunhados e conduziu as duas faceiras irmãs para casa.

Aliás, como esmoleiros contemplados com dois vinténs, faceiros mesmo ficaram Günter e Ytzak, todos os dois arreganhando sorrisos vitoriosos. Voltaram a entrar no café, que apresentava raro movimento, e sentaram-se para tomar mais uma cerveja em comemoração à vitória obtida.

Enquanto dividiam uma garrafa de cerveja, entraram três *camisas verdes*, que saudaram os presentes com seu *anauê*, batendo o pé no chão e esticando o braço. A presença dos jovens integralistas não teria tido qualquer significância, não fosse a chegada de Beppe Caprone.

Giuseppe Múcio Masserato, italiano da Calábria, fora apelidado Beppe Caprone porque criava cabras em um sítio perto da cidade. Morava cercado delas e de seus cães, vivia em andrajos, sujo, descabelado e bêbado. Quando sóbrio, era o melhor pedreiro do norte do Rio Grande Sul. Cortava pedras e com elas erguia paredes tão lisas como se tivessem recebido reboco de argamassa, e as frestas entre as pedras não permitiam passar sequer um fio de cabelo. Quando bêbado, porém, servia às chacotas e ao escarnecimento da maioria, xingava, retrucava e tentava revidar, proporcionando, com sua humilhação, o riso impiedoso. Gritava bordões anarquistas, incompreensíveis à maioria dos barrenses: *Abaixo o Estado! A lei é a arma do opressor! A propriedade é um roubo!* Bradava ele em italiano, quando embriagado, atacando o regime, o Estado, a polícia e a burocracia.

Quando foi entrar no Piereto, Beppe Caprone tropeçou no degrau e teve que encompridar o passo, o que o fez cambalear para dentro, arrancando, já aí, gargalhadas dos presentes. Então, um dos rapazes das camisas verdes, simulando querer amparar o tramboleante, colocou-lhe um trapo enrodilhado, à guisa de rabo. Sem notar a patuscada de que era vítima, o pobre homem transitou pelo lugar, com as pessoas rindo dele às gargalhadas. Alguns gritavam *bééé*, imitando cabras, outros zurravam como uma mula. Como um pouco de lucidez ainda lhe restava, atinou que era de si que galhofavam, o que mais o enfureceu. Então se virava para tentar ver do que se riam, mas nada encontrava, o que foi aumentando o riso e, consequentemente, sua ira.

Desconfortado com a indignidade que era feita com o homem, Günter levantou-se, deu dois passos em direção a Beppe Caprone, arrancou o pedaço de trapo preso à sua calça que estava servindo à troça e o jogou no chão, sob os protestos da maioria, que queria ficar rindo à custa do ébrio. Este, tendo percebido a ignomínia de que fora vítima, voltou-se contra o grupo de rapazes integralistas e gritou-lhes em italiano, pedindo morte a Mussolini e ao fascismo:

– *Morte a Mussolini! Sotto il fascismo*!

O mesmo rapaz que lhe colocara o pano imitando um rabo, em resposta ao xingamento deu-lhe uma bordoada com um pedaço de pau que servia de tranca a uma janela. Golpeou-o raivosamente, de tal forma que Caprone desabou inconsciente. Os três molecões passaram então a chutar a cabeça do homem desacordado e caído. Günter, que tinha voltado a sentar-se para continuar a conversa com Ytzak, levantou-se da cadeira e mandou que parassem, mas eles continuaram a agredir o pobre corpo inerte. Então Günter deu três passos em direção a eles e gritou novamente. O recinto todo silenciou, e os rapazes pararam, recuaram e foram saindo, caminhando de costas. Ficou surpreso que, apenas por ter ido contra os arruaceiros e gritado, as coisas tivessem se resolvido e eles arregado, mas aí se deu conta de que Ytzak Chacour, ao seu lado, empunhava um Smith & Wesson calibre 38...

VII
MUDANÇAS

Eu sou o meu mundo.
(O microcosmos.)
Ludwig Wittgenstein,
Tractatus Logico-Philosophicus,
aforismo 5.63

Nos quase seis meses de trabalho de Günter na chefia do setor de beneficiamento e refino de banha do Frigorífico Independência, a produção aumentou bem mais que o terço que Maximino propusera como ideal. Usando técnicas elementares do *fordismo* e *taylorismo*, que vira aplicadas no Frigorífico Renner, Günter conseguira organizar a especialização das atribuições: se antes todos os operários do setor faziam um pouco de tudo, e acabavam sempre deixando alguma tarefa aleatória em aberto para outro, agora, com eles especializados e organizados em linha de produção, as carcaças *in natura* entravam em uma ponta do pavilhão e, na outra, escorria a banha refinada, mais limpa, abundante e qualificada do que nunca. A produção dobrou. A regulagem e controle das temperaturas de cozimento, sugeridas por Günter, também contribuíam para o incremento e qualidade da produção.

Claro que isso agradava aos sócios, principalmente a Maximino Ghirardelli, que sempre tratava Günter com uma deferência explicitamente oriunda do quanto ele proporcionava de gradual acréscimo ao lucro da empresa. Günter refletia a sua própria contradição: ele, um mero operário (chefe de seção, mas não passava de um operário), era o vetor de otimização e incremento de mais-valia em benefício dos patrões; ele, ao mesmo tempo trabalhador que tinha consciência da alienação física e intelectual dos seus pares operários, era também o sobrinho de um dos proprietários capitalistas, convivia no círculo deles... Günter, proletário de vanguarda, que sabia como o sistema funcionava, explorava e se retroalimentava dessa exploração, era o engenheiro da legitimação e ampliação desse sistema. Isso lhe magoava o espírito, e a sensação de derrota acabava por importunar os deliciosos momentos que vinha tendo desde que chegara: com respeito social, namorada, destaque como jogador do Barrense *Football Club*, a iminência da chegada dos pais, da irmã e do irmão para o Natal...

Para atenuar essa culpa, negociava com o tio e com Maximino algumas concessões aos operários, as quais colocava como moeda de troca para o aumento de produtividade, sob o argumento de que trabalhadores felizes e engajados produzem mais: pausa de cinco minutos no turno, banheiros limpos, uma saída por turno para o banheiro. E, conquista das conquistas para os operários, um sábado inteiro de folga por mês, em sistema de rodízio. Mais: estava propondo agora, como item do processo para modernizar a linha de produção, que a empresa é que deveria fornecer roupas de serviço aos trabalhadores da fábrica, uniformizando-os. Se o tio relutava nas pequenas concessões, Maximino começava sempre sendo taxativo em negá-las, mas os constantes aumentos no volume e na qualidade da produção acabavam por convencer os argentários.

Charles Chaplin lançara o filme *Tempos Modernos* há pouco mais de dois anos. Numa de suas raras escapadas dos esconderijos, ainda no início desse ano de 1937, Günter fora ver a fita. E hoje se sentia ora como Carlitos, ora como o velho pançudo que controlava a esteira onde Chaplin apertava os parafusos. Pior: às vezes, sentia-se até como o próprio chefão que ficava no panóptico determinando mais velocidade na linha de produção e controlando os mínimos movimentos dos empregados.

Chamado por Albert nessa manhã de segunda-feira dos idos de novembro, entrou no escritório dele e imediatamente percebeu a cara amarrada do tio.

– Em que é que te meteste ontem lá no Café Piereto? Como é que puxaste uma arma para o filho do Maximino? Não vês que puseste tudo a perder, seu piá de merda?

Günter, estupefato, tentou balbuciar uma negativa, explicar, mas o tio, muito brabo, continuou admoestando:

– Eu nem sabia que tu tinhas revólver! E foste puxar logo para o Nino Ghirardelli! Não tínhamos combinado que não te meterias em discussões políticas, seu tratante? Tu não te comprometeste comigo, sob palavra? O

Maximino agora quer tua cabeça, veio aqui agora há pouco me contar. Puta merda!

– Seu Albert, espere aí... – o tratamento não era agora dirigido ao amigo nem ao tio, mas ao patrão que lhe fazia uma cobrança injusta. – A história não é esta...

Mas Albert não pretendia ouvir, continuou a reclamar da atitude de Günter, elencando o quanto o ajudara, o quanto ele lhe devia reverência, dizendo que o havia decepcionado.

Mas decepcionado mesmo estava Günter. Então, neste momento, a injustiça que sentia contra si; a decepção com a postura de Albert em não ouvi-lo, tomando como verdadeira, *inaudita altera pars*, a versão trazida por Maximino; todas as pequenas razões reprimidas por meses; mais o remorso acumulado por estar tendo uma vida boa enquanto tinha se afastado dos companheiros, perseguidos, presos, mortos ou deportados como Olga Benário, ainda por cima grávida; tudo isso junto trouxe à tona uma faceta de Günter que ele próprio temia: a de irascível desembestado. Socou a mesa e bradou furioso, o dedo em riste apontando para Albert:

– Olhe aqui: não me meti em discussão política alguma, mas devia é tê-lo feito. Não puxei nem tenho arma, nem sabia que um daqueles bostinhas integralistas era filho do Maximino. E estavam a matar o Beppe Caprone, pombas! Se não me meto, teriam terminado de arrebentar a cabeça daquele coitado, que ainda está lá, no hospital; as freiras devem estar o alimentando com um canudo, porque lhe quebraram o maxilar! E não me venha com *nhenhenhém*, que não tenho sangue de barata.

O tio ouviu, agora calado, estupefato ante a fúria cega do sobrinho, destrambelhado, que gritava aos borbotões, descarregando meses de frustrações e sublimações. Günter socou novamente a escrivaninha e prosseguiu:

– Quer saber de mais uma coisa? Chame a Brigada, o subdelegado, me entregue a ele... E estou me demitindo agora, providencie minhas contas. Se não for preso, tenho emprego na Cooperativa, lá pelo menos não vou ter que ficar puxando saco de dândi de pé sujo, sempre cuidando cada palavra para não melindrar algum dos sócios...

Com a vista ainda obscurecida por uma fúria que agora começava a se exaurir, rumou porta afora. Nas escadas esbarrou com Maximino, que vinha chegando e tentou lhe falar, mas ouviu, como resposta, um "Vai tomar banho!". Foi para a casa dos Sonnenwald, juntou o que pôde carregar de suas coisas para levar para a hospedaria do Finkelstein e, a uma perguntativa e intrigada Emma, apenas disse que voltaria oportunamente para buscar o resto.

Enquanto isso, na fábrica, Maximino entrou na sala de Albert, agora prostrado pela reação do sobrinho.

– *Porca miseria*! E as coisas nem se deram da forma como te contei, acho que tu te precipitaste. Segundo acabei apurando, os rapazes deram uma camaçada de pau no Caprone; se não fossem contidos, iam matá-lo. Não que aquela imundície mereça alguma preocupação, mas, se ele morresse, o Nino viria a ser processado e ia acabar tendo que *pagar por bom*. São uns bocós, esses piás de merda, se era para fazer, que não fosse na frente de uma multidão! Ainda vou ter que escorregar uns trocos para o subdelegado Generino não apresentar o caso ao promotor em Boa Vista do Erechim.

Nada falou em repreender o filho, que, à tarde, já iria retornar para o internato em Passo Fundo. Albert se deu conta de que o mal-entendido provocado por Nino Ghirardelli causara danos... Não se tratava apenas da demissão voluntária, era muito mais que isso. E a lembrança do olhar irado de Günter lhe dizia que o relacionamento com o sobrinho não voltaria mais para o campo da tranquila amizade fraterna.

***

A inesperada ruptura com Albert e a extemporânea demissão de Günter surpreenderam a todos na Vila Barro. Em um núcleo habitacional pequeno, as pessoas sabiam quase tudo umas das outras, a vida de todo mundo acabava sendo assunto público, e a fofoca grassou. Ainda no final da tarde daquela segunda, depois de idas e vindas do enredo, os mexeriqueiros tinham já sentenciado: Nino Ghirardelli era o culpado do imbróglio, tinha mentido para o pai para tentar se justificar, prejudicando Günter e criando uma narrativa confusa em que teria sido atacado por ele.

Essa infantil versão de Nino acabou ruindo por si, não sem antes gerar o conflito entre tio e sobrinho. Mas as pessoas não sabiam, e não viriam a saber, do trato privado cujo rompimento um apressado Albert atribuíra injustamente à irresponsabilidade de Günter, e que essa suposta ruptura é que tinha sido o grande vetor da briga.

Digno de nota é que poucos condenavam Nino e os outros dois valentões integralistas por espancarem covardemente um sujeito bêbado, caído e indefeso. A maioria desaprovava mesmo é a embromação que acabou por gerar o agastamento entre tio e sobrinho.

Já no início da noite, Günter foi procurado na estalagem de Hermann Finkelstein por um cordão de pessoas que vinham em seu desagravo e para convencê-lo a reconsiderar seu pedido de demissão.

Frei Pancratius e a tia Emma Sonnenwald vieram juntos. Ele falou de perdão, ela demandando também que Günter pegasse as malas e voltasse para sua casa. Emma, pessoa de senso prático, argumentou que as coisas vinham seguindo bom caminho na vida de Günter, lembrando a ele, por meias palavras, todo o esforço que fora feito para varrer o passado do rapaz para baixo do tapete.

Veio Negretti, um operário do frigorífico, que trouxe a solidariedade dos colegas e falou da importância, para eles, que Günter ficasse. Suas intervenções tinham lhes proporcionado melhorias nas condições e ambiente de trabalho; então, não queriam perder o colega.

Boa parte do time do Barrense *Football Club*, encabeçado por Libiano, apareceu hipotecando solidariedade. Esperavam, sinceramente, que o amigo e atleta não fosse levado, pela decisão tomada, a deixar a cidade. Aliás, teriam compromisso contra o Ypiranga, de Boa Vista do Erechim, logo no sábado.

E veio ter com ele também o próprio Maximino Ghirardelli, em realidade mais preocupado em perder o operário qualificado para a concorrente Cooperativa de Produtores. Tentou minimizar o desconforto do qual ele próprio e o filho foram artífices, mas sem se desculpar: para ele toda essa folia era culpa do Beppe Caprone, que só estava no mundo para *estrovar*, e o emprego estava lá, disponível; nem determinaram ao guarda-livros que fizesse as contas para demissão. Günter pensou em dizer, naquele momento, quem era o estorvo e mandar que Maximino fosse tomar no cu. No entanto, calou-se: por enquanto já tinha estourado o bastante.

Francesco Dell'Agnoli trouxe uma carta da irmã para Günter. Ela estava preocupada: se queriam casar, como fariam, uma vez que ele não tivesse mais emprego nem onde morar?

Mas nada iria demovê-lo da decisão. Ele tinha outros planos, que já vinham sendo matutados desde algum tempo. Não pretendia deixar o Barro. Gostara da cidadezinha, via crescimento e futuro ali. O *quiprocó* do tio com ele, pela interpretação de uma ação legítima contra terceiros como desrespeitosa a si, apenas precipitou uma decisão que já vinha sendo urdida: Günter pretendia montar seu próprio negócio.

No namoro da quarta-feira seguinte, uma das suas tarefas árduas e inescapáveis foi explicar à viúva Luzia Dell'Agnoli e a seu filho mais velho Giulio os motivos de sua demissão e a recusa a voltar ao emprego. Ao mesmo tempo, teve que declarar à família da amada quais eram seus planos e a sua viabilidade.

Cumpre esclarecer que a viúva Luzia Dell'Agnoli, uma vez que Günter, por sua insistência e constantes demonstrações de bom-mocismo, conseguira quebrar a feroz resistência inicial, se tomara de admiração pelo que considerava já o futuro genro. Günter, artificiosamente, laborava para permanecer nas graças da viúva e manter seguro seu namoro com a bela Raquel, ora rachando lenha para a residência, ora colhendo flores para a mesa da sala, outra vez capinando a rua na frente da casa ou podando as bergamoteiras...

Assim, quanto a essa primeira tarefa a que se propusera, Günter relatou à viúva e aos seus dois filhos homens que adquirira uma área junto ao rio Suzana, a cinco quilômetros da vila, onde iria instalar uma atafona de farinha de mandioca e um carijo de erva-mate. Como não era área própria para lavoura, tinha sido uma bagatela, e usaria a queda d'água para movimentar as engrenagens e os pilões dos soques.

Francesco era um *bon-vivant*, dava frequentes escapadas noturnas a Boa Vista do Erechim, gostava de *football*, do carteado, dos bares, das caçadas e das *matinées*. Mas tinha tino comercial, e percebeu boas possibilidades no empreendimento de Günter. Já o comedido e circunspecto Giulio Dell'Agnoli, embora desse sinais de aprovação, manteve uma certa desconfiança quanto ao êxito. Matéria-prima, falou, ia ser um empecilho na questão da farinha de mandioca. Como irmão mais velho e chefe da família, achava que o negócio teria que dar sinais de viabilidade na prática, para que Günter viesse a ser autorizado a desposar sua irmã.

Günter queria casar com Raquel o quanto antes. "E essa postura desse purgante do Giulio, querendo retardar meu casamento", disse consigo. Todo tempo de espera seria tenso, contando sempre que não aparecesse alguém que conhecesse sua militância, ou um policial desconfiado fosse investigar seu passado, ou mesmo os tios a denunciá-lo... O tio não faria isso, mas temia que a tia, esta sim, pudesse fazê-lo. Concluiu que não havia o que fazer, era tocar a vida e esperar que tudo desse certo.

Giulio era um sujeito estranho, até não parecia ser má pessoa, mas não tinha, nem de perto, o carisma do irmão. Era um homem trancado, geralmente taciturno, de poucas palavras, que vivia para o trabalho e em atenções à sua charmosa e triste esposa Marília, uma cantora lírica que conhecera em Porto Alegre. Em mais de uma ocasião, em encontros sociais no Clube Barrense, ela tivera a coragem de se pôr a cantar com o acompanhamento da orquestra dos irmãos Finkelstein. Tinha uma voz harmônica, doce, melíflua, maviosa, que encantava e enternecia os ouvintes... à exceção de seu tacanho marido, que se punha melancolicamente arrasado quando ela tomava essas liberalidades de cantar para a plateia ocasional. Ele acusava o golpe, deprimia-se: sabia o quanto de saudade havia em cada entoar emitido pela esposa, e a surrada imagem de uma bela ave canora a trinar em uma gaiola o perturbava. Nunca a proibiu, no entanto, de cantar, mesmo em público, embora os resmungos de Luzia:

– Onde é que já se viu, uma mulher casada se exibindo desse jeito! – vinha a repreensão da sogra, de dentro de sua indevassável vestimenta preta.

Giulio, embora jogasse futebol, vivia adoentado; tinha pavor de frio e umidade, sempre entre alergias, cuidados, remédios e infusões. Parecia perenemente assustado; seu olhar denotava um medo constante de algo indefinido. O zelo compulsivo pelo irmão e pelas irmãs era evidenciado pelo cuidado excessivo e pela intervenção em todos os assuntos que lhes diziam respeito.

Administrava o lucrativo comércio familiar, em que vendiam tecidos e armarinhos. Os clientes tinham a opção de, uma vez comprada a metragem de tecido, já o verem rapidamente transformado em fatiotas ou vestidos, pelas mãos hábeis de Raquel, Isabel e mesmo de Luzia. Não raro uma família de colonos, com sete ou oito integrantes, adquiria uma peça de fazenda pela manhã e à tardinha já andavam enfileirados pela vila, todos usando o mesmo padrão de listras ou axadrezado, do pai ao bebê de colo.

Presidente do grupo integralista do Barro, Giulio fazia com que as irmãs costurassem as camisas verdes e bordassem nelas o sigma e, ultimamente, até mesmo a cruz suástica. "Assim que casarmos, não vou mais deixar a Raquel costurar as camisas desses fascistas", já tinha pensado e decidido Günter.

Se a questão de explicar o incidente do domingo à tardinha no Piereto, seu consequente pedido de demissão, e de convencer a família da namorada de que tinha um negócio promissor a empreender em substituição ao emprego do qual se desfizera tinha tido relativo êxito, agora tocava entrar em outro espinhoso assunto. Günter tinha se comprometido com o amigo Ytzak a fazer uma embaixada com a velha Luzia, para que essa ao menos concordasse em ouvir o pretendente da filha Isabel.

Escorado no bom conceito que havia construído à custa de pequenos agrados, Günter pensou que seria possível construir uma aproximação. Ledo engano: a viúva mostrou-se renitente, obstinando contra Ytzak, porque mal o conhecia, não sabia nada de sua família. A despeito das falas elogiosas de Günter, o máximo que este obteve foi um "vamos ver pra frente". Mas isso era apenas um pouco melhor que uma negativa. Giulio endossou a sentença terminativa da mãe, e Isabel, o tempo todo na sala acompanhando a conversa, saiu pisando forte, vibrando o assoalho da casa de madeira a ponto de sacudir a prateleira de louça. Foi para o quarto chorar, Raquel foi atrás.

VIII
O PASSADO RECLAMA

A realidade deve, por meio da proposição,
ficar restrita a um sim ou um não.
Ludwig Wittgenstein,
Tractatus Logico-Philosophicus,
aforismo 4.023

Günter ficou frustrado por não ter conseguido avançar as coisas para seu amigo Ytzak Chacour. Tinha esperado algum apoio de Giulio, que tinha bons negócios com Ytzak e a família, mas este não moveu uma palha em favor do sírio, talvez fosse por sua tez amorenada, seu rosto de feições arábicas. Eram momentos de evidência nazifascista, falava-se na primazia racial europeia, e tudo que destoasse do padrão ariano estabelecido por Hitler era considerado inferior. Os fascistas tupiniquins, muitos deles produto de indesejadas miscelâneas étnicas, também queriam manifestar o quanto pretendiam de pureza racial. E Giulio era o líder local da grei mussolinista.

Embora o resultado ruim de seu pleito com a sogra, como tinha se comprometido a fazer instâncias em favor de Ytzak e este certamente estava na expectativa do resultado, no dia seguinte passou um telegrama para ele:

NÃO TIVE EXITO PT
D LUZIA DIZ NÃO CONHECER VOSSA FAMILIA PT
SAUDAÇÕES
GUNTER

Paciência, pensava Günter, talvez mais adiante as coisas se ajeitassem para o amigo.

No domingo seguinte, o primeiro do mês de dezembro de 1937, o Barrense *Football Club* foi jogar em Boa Vista do Erechim contra o Ypiranga; tentariam sua primeira vitória jogando no campo deles. Haveria também competição de bolão.

O *team* e vários apoiadores foram de trem, ainda pela manhã bem cedo, um vagão lotado. A *orchestra* dos irmãos Finkelstein, liderada pelo estalajadeiro no sax-tenor, foi animando sem parar a excursão. Além de compor o conjunto musical com seus irmãos, Hermann Finkelstein era também o campeão do bolão, o melhor *nove paus* do Alto Uruguai gaúcho.

O desconfiado Maximino quis aproveitar a viagem para sondar as pretensões de Günter, pois a defecção nos quadros do Frigorífico Independência já se fazia sentir mesmo com sua saída tão recente. O temor do antigo patrão era que a Cooperativa de Produtores o contratasse. Günter desconversou, foi mesmo ríspido, não devia nada a esse *carcamano*, nunca lhe tivera apreço, em razão de seus posicionamentos e atitudes, e, muito menos agora, com o acontecido. Ao contrário, sequer conseguia evitar manifestações de certa repulsa contida em relação a ele, que, no entanto, indivíduo de preocupações restritas a ganhar dinheiro, nem percebia essa aversão.

A ferrovia passava em Boa Vista do Erechim não por necessidade do traçado, mas por conveniência da estratégia colonizatória. Muitas dezenas de quilômetros, curvas e aclives poderiam ter sido poupados e estações evitadas, se o traçado fosse direto de Passo Fundo a Marcelino Ramos, na divisa dos estados do Rio Grande do Sul e Santa Catarina. Alguém, contudo, percebera a tempo que uma vasta área ficaria abandonada no sertão do norte gaúcho, e fez-se uma guinada dos trilhos a noroeste, colocando a estação da futura cidade em um vértice e ampliando o potencial colonizador da ferrovia.

Inicialmente denominada Paiol Grande, depois Boa Vista do Erechim, a cidadezinha servia de sede municipal a um imenso território. Longe de ser uma metrópole, era não muito maior do que o Barro, seu segundo distrito. Tinha um projeto urbanístico ambicioso, megalomaníaco até: o desenho, a distribuição das avenidas principais, com todas partindo de uma praça central, seu traçado imitava o de Paris. Arquitetonicamente muito bem organizada, mas chamavam atenção as avenidas absurdamente largas para tão pouca gente transitar.

Às dez horas teve início o certame futebolístico, assistido pela maior parte da população da cidade. O

Ypiranga parecia ter liquidado a fatura ao fazer dois *goals* a zero, mas o *valeroso* time visitante não se dava por vencido: Günter deslocou pela direita e cruzou para Libiano, o *center-half*, cabecear e diminuir. Logo em seguida, novamente o habilidoso Günter tocou a bola para Gambaski, um *back* compridão de quase dois metros que jogava descalço, grudar um bico na pelota e empatar o jogo. O resultado assim obtido, na casa do adversário e depois de estar perdendo, estava bom para os atletas do Barrense, que comemoravam como se fosse uma vitória.

Os jogadores dos dois times cumprimentavam-se entre si respeitosos. Günter foi um dos últimos a sair do campo em direção à fonte d'água, onde os atletas se lavavam, ficando um tanto afastado do grupo. Aproveitando esse distanciamento, um dos jogadores do Ypiranga, sujeito baixote e atarracado, chamado Antonio Quirino e que era o agente postal da cidade, aproximou-se e usou, discretamente, o tratamento comum entre os militantes do Partido Comunista:

– Camarada Günter, foi um bom jogo, não? – disse, olhando-o diretamente nos olhos.

O rapaz, militante ressabiado, se fez de desentendido e apenas confirmou que sim, que tinha sido um *baita* jogo, disputadíssimo. Simulou não ter ficado surpreso nem ter levado em conta a palavra *camarada* que Quirino usou na abordagem. Ora, o elemento podia ser um polícia, um alcaguete ou um agente especulando, ou mesmo ter usado o termo apenas de forma casual. Mas não demorou a vir a frase:

– O lobo perde o pelo, mas não perde os dentes.

Essa era a senha exclusiva para ele. Somente duas pessoas a conheciam, o dirigente da célula em Porto Alegre e o próprio Günter. A combinação era que, somente quando fosse segura, possível e útil a aproximação, essa senha seria passada a um elemento de contato. Ele ainda cogitou que pudesse ter sido extraída do camarada dirigente por tortura, mas, após um instante de relutância, resolveu correr o necessário risco, avançou a contrassenha e confirmou o contato:

– O lobo só perde o pelo se perder os dentes...

Combinaram que durante a semana Günter viria novamente a Boa Vista do Erechim e pernoitaria; então poderiam conversar com discrição, também com a presença de um dirigente da célula local. Era preciso cuidado, Getúlio Vargas havia promulgado recentemente a Constituição polaca, assim chamada pela semelhança com a constituição polonesa, do ditador fascista Jósef Pilsudski, e aproveitado a *ameaça comunista* para dar um autogolpe e concentrar poder, instituindo o Estado Novo. Marcaram hora e local da reunião. Precisava vir, de qualquer forma, já que tinha que encomendar materiais para a construção da atafona; então, não havia falta de pretexto.

"*Putalamerda*", pensava incomodado, já no vagão retornando ao Barro, em meio à folia dos jogadores e amigos tomando cerveja, e enquanto os irmãos Finkelstein atacavam um animado *foxtrot.* "Justo agora que vinha encaminhando minha vida financeira, e a caminho de casar, o Partido inventa de estabelecer contato..." Por outro lado, sentia algum alívio, pois avaliava que vinha entrando numa pasmaceira política e intelectual que o incomodava. Era preciso mesmo agitar esse ambiente de conforto pequeno-burguês em que pusera sua vida nos últimos seis meses, moralmente acabava com remorsos pelo seu afastamento das lutas...

Porém, ao desembarcar, tranquilidade não foi o que encontrou no Barro quando atravessou o quadro da estação para ir dormir: a hospedaria de Finkelstein estava tomada por aquilo que pareceu a Günter o acampamento de um pelotão de infantaria do exército otomano, só faltavam as cimitarras. Ytzak, que não deveria voltar ao Barro senão em três meses, abraçou Günter:

– Tu me telegrafaste que a mãe da minha princesa disse que não conhece minha família. Então, eu trouxe papai, mamãe, vovó e meus manos para mostrá-los à dona Luzia.

IX
O OURO DOS WITTGENSTEIN

O mundo e a vida são um só.
Ludwig Wittgenstein,
Tractatus Logico-Philosophicus,
aforismo 5.621

A morte de um importante professor reconhecido internacionalmente, como era Moritz Schlick, não tinha sido o começo e nem de longe foi o fim da fácil e triunfante escalada nazista na Áustria.

Em 12 de março de 1938, o exército alemão não precisou dar nenhum tiro para invadir o país, onde foi recebido entusiasticamente pela população nas ruas. No dia seguinte, a Áustria tornou-se Ostmark, anexada como província da Grande Alemanha: era o *Anschluss*, a anexação. A legitimação dessa conexão se deu em um referendo realizado em 10 de abril, e a resposta à pergunta "tu concordas com a unificação da Áustria com o Império Germânico sob o *Führer* Adolf Hitler?" devia ser marcada em uma cédula cujo espaço para assinalar o *sim* era um círculo com o dobro do tamanho do reservado para o voto *não*.

Inobstante a manipulação do referendo, com a campanha feita sob pressão nazista e da igreja católica, que exortavam e ameaçavam pelo voto *sim*, era evidente o apoio da população ao *Anschluss*: 99,71% dos austríacos votaram a favor de abrir mão da soberania em favor do Estado alemão. Hitler, ele próprio austríaco da cidade de Linz, fez seu discurso na sacada do Palácio de Hofburg, na Heldenplatz, para milhares de felizes e receptivos compatriotas.

O problema para os judeus da Áustria é que a anexação fazia valer naquele território, agora mera província alemã, as Leis de Nuremberg de *cidadania do Reich* e de *proteção do sangue e honra alemães*. Entre outras disposições perversas, rezavam que a cidadania alemã era extensível somente até os que tivessem ao menos meio sangue alemão.

Os Wittgenstein não eram judeus praticantes; ao contrário, vinham de pai e mãe cristãos. Mas Karl, filho de pais judeus, contrariando as recomendações de seu pai de não casar com uma judia, casara com Leopoldine, filha de pai judeu e mãe alemã. Logo, Paul, Ludwig, Hermine, Helene e Margarete, seus filhos, segundo os decretos de Nuremberg, eram judeus, pois tinham três quartos de sangue hebreu. Embora com pais e avós cristãos praticantes, a ancestralidade os condenava.

A par de resolver o que chamavam de *questão judaica*, a Alemanha precisava de recursos para financiar seus projetos expansionistas e sua máquina de guerra. Assim, o patrimônio de judeus, pobres e ricos, era simplesmente apropriado pelo Estado com esse objetivo. Isso sem dúvida teria sido feito em relação aos Wittgenstein, sem qualquer escrúpulo. Harriet Freifrau Von Campe, por exemplo, neta do poderoso Gerson Bleichröder, judeu que fora o banqueiro de Bismarck e um dos homens mais importantes e ricos da Alemanha, doou toda a sua fortuna ao Reich em troca de reclassificação racial, e, mesmo assim, veio a ser deportada para um campo de concentração.

Quando o caso dos Wittgenstein veio para Arthur Seyss-Inquart, o poderoso *Reichsstatthalter*, governador da agora província de Ostmark, homem da confiança direta do *Führer*, ele chegou a pensar em deixar que tudo se resolvesse com a deportação. "Estes judeus presunçosos que morram", pensou. De qualquer forma, o Estado iria ficar com tudo que era deles e que estivesse na Alemanha. Entretanto, a maior parte da fortuna com liquidez estava no exterior. Na Áustria havia as mansões, propriedades rurais, instalações industriais, mas o grosso daquilo que podia significar divisas para alimentar a voracidade bélica e geopolítica de Hitler estava diluído fora do território sob domínio alemão.

Karl, um gênio como os filhos, mas no campo das finanças e do investimento, estrategista visionário e empreendedor, tomara, porém, suas cautelas. Tivera a presença de espírito de diversificar e não colocar todos os ovos em uma só cesta: investira em sociedades industriais principalmente na Grã-Bretanha e na América e fizera depósitos em ouro em instituições bancárias seguras, tudo longe do alcance do *Reichsbank*.

Como o próprio *Führer* havia determinado que esses recursos fossem buscados, Seyss-Inquart não poderia deixar que as coisas se resolvessem numa deportação, era preciso negociar com os Wittgenstein, e extorqui-los.

Seyss-Inquart tinha em seu poder, retidas em Viena, as irmãs Hermine e Helene Wittgenstein, já que Paul conseguiu safar-se a tempo para os Estados Unidos; Ludwig estava na Inglaterra e esperava logo obter a cidadania britânica; e Margarete já era moradora e cidadã dos Estados Unidos há tempos, pelo seu casamento com um estadunidense. Assim, tratava-se de um sequestro, cujo resgate das irmãs a ser extorquido pelos nazistas era, nada mais nada menos, a fortuna dos Wittgenstein que estava no exterior.

O pedido de *Befreiung* (reclassificação racial) pelos Wittgenstein fundamentava-se em que Hermann Christian, pai de Karl e avô dos peticionantes, seria um filho ilegítimo do príncipe da Saxônia, o que os deixaria como *Mischlinge* em primeiro grau.

Paul ficou renitente, não queria negociar, tinha insistido com as irmãs para que fugissem, e aquelas caturras demoraram até ser demasiado tarde para poder fazê-lo. Endureceu a discussão, queria a garantia de que a *Befreiung* lhes seria concedida. Em alguns momentos, pareceu até que ia deixar as irmãs à mercê de serem deportadas para um campo de concentração. Mas ele não faria isso, e Arthur Seyss-Inquart queria o ouro...

A chantagem, ao fim e ao cabo, teve sucesso: o próprio Hitler assinou a concessão da reclassificação que salvou as irmãs ao tornar os Wittgenstein *Mischlinge* em primeiro grau, portanto cidadãos alemães, e uma fortuna em ouro foi disponibilizada ao Terceiro Reich. Era o que tinha custado a teimosia das irmãs em não fugir em tempo.

***

Arthur Seyss-Inquart checou os números finais. "Ótimo", pensou, "o *Führer* vai gostar". Os depósitos tinham sido feitos à ordem do *Reichsbank*, e agora os valores estavam transferidos para uma conta anônima no *Zürich-Bernaise Credit Bank*: o equivalente a mil e setecentos quilos de ouro tinham sido entregues pelos Wittgenstein ao Estado alemão. Isso se agregava a outros montantes com origem parecida.

"E o Estado alemão é o *Führer*", pensou Seyss-Inquart.

Caminhou até a porta e mandou que chamassem o *SS-Sturmbannführer* Henrich Brentl Steiner. O servil major era seu ajudante de ordens e, muito jovem, tinha sido enfermeiro em combate nas trincheiras, quando recebera um estilhaço na perna. Acompanhava Arthur desde os primeiros tempos do Partido. Era alguém de absoluta e cega dedicação a Hitler, ao Partido Nazista e a Arthur, nessa ordem, por quem daria a vida, sem pestanejar. O exército o havia desligado em razão de pequena sequela na perna, que o fazia ter um claudicar disfarçado e quase imperceptível, mas sua carreira na SS fora permitida e facilitada pelo seu engajamento e sabujice. Desde a primeira hora, vinculou-se ao Partido, às SS e a Arthur Seyss-Inquart, cuja força ascensional fizera sua carreira progredir junto à dele.

O major entrou e golpeou vigorosamente o chão com o taco da bota de sua perna boa, ao mesmo tempo erguendo o braço e pronunciando um vibrante *heil Hitler!*

– *Heil*! – respondeu o agora Comissário do Governo Geral da Polônia.

Sim, com a invasão da Pôlonia em 1º de setembro de 1939, Hitler recrutara os melhores quadros administrativos do Partido para gerir a ocupação. Como Ostmark fora pacificamente anexada e seguia sem alterações, Seyss-Inquart fora destacado para a Polônia, onde sua mão de ferro se fazia necessária.

O assunto que tinha com seu ajudante de ordens era importante e absolutamente sigiloso. Escolhera Henrich para a missão por ter ele o mesmo nível de engajamento seu, ou seja, total, completo e indubitável. E não se tratava o recrutamento somente por sua lealdade inquestionável ao *Führer*, mas também por sua frieza mecânica. Tinha certeza de que escrúpulo algum impediria que o major viesse a fazer o que quer que fosse necessário para lograr êxito. Aliás, o olhar frio de Henrich, carregado de um poderoso ódio contido e sublimado, traduzia a baixa emotividade e o temperamento calculista do seu comandado. Enfim, era alguém leal e adequado para a incumbência que lhe iria determinar.

– Henrich, tu acompanhaste o processo Wittgenstein, as negociações e seu desfecho favorável ao Reich. Os valores obtidos, de larga monta, foram depositados no *Reichsbank* e transferidos, junto com outros oriundos de judeus e *Mischlinge* em processos idênticos, para uma conta em um banco da Suíça.

O *SS-Sturmbannfürer* Henrich Brentl Steiner não questionaria qualquer ato de seu comandante, sabia ele que tudo era em prol da causa, mas Arthur quis, por pruridos morais, declarar o porquê de um tal valor ser desviado das contas do Estado:

– Nosso *Führer* quer que este valor fique reservado para o caso de um necessário recomeço. Não que isso seja sequer remoto no horizonte do Terceiro Reich; felizmente as coisas têm seguido bem, mas ele quer se precaver para o caso de a pior das hipóteses se configurar para nós. Esse valor está destinado, em primeiro lugar, a assegurar a sobrevivência, segurança, dignidade e conforto do *Führer*, se for preciso um exílio.

– ...

– Penso eu que ele não abandonaria a Alemanha nem mesmo morto; de qualquer forma, este valor deverá ser usado para fomento de células nazistas, aquisição de terras na Argentina, Bolívia ou Brasil, talvez até para a formação de um enclave em meio à floresta, financiar políticos simpatizantes e intervenção em governos, por exemplo, ou qualquer ação que se entenda útil no caso de uma *débâcle* da nossa causa...

Henrich continuava a ouvir, impassível, em atitude marcial, em pé.

– Óbvio que a utilização dessa riqueza ficará condicionada à ordem de Hitler ou de quem vier a liderar em seu lugar. Tu e eu seremos os guardiões do acesso a ela. Nesse momento, apenas eu, tu e o *Führer* sabemos disso. Os valores estão depositados no *Zürich-Bernaise Credit Bank.*

Arthur, então, abriu a gaveta da escrivaninha e retirou uma pequena carteira, na verdade uma niqueleira de couro.

– Trata-se de uma conta anônima. O acesso a ela se dá por uma chave física e por uma senha numérica; é preciso ter as duas juntas. Da chave física são duas cópias, uma ficará comigo e outra contigo. Quero que tu a tenhas escondida e em segurança; eu farei o mesmo.

O homem ouvia tudo. Anos de convivência faziam com que Arthur tivesse certeza de que todas as determinações estavam sendo entendidas sem qualquer dúvida e seriam seguidas à risca. Então, continuou:

– Quanto à senha numérica, eu a tenho para mim já memorizada, e tu deves igualmente fazê-lo. Mas é imprescindível que a tenhas também em meio físico, pois serás a referência pessoal se eu morrer. Caso percebamos o risco de eu e o *Führer* virmos a sucumbir, passaremos as instruções para alguém da hierarquia te encontrar, onde e como estiveres. Para o caso de morreres também, quero dizer... Será ao teu redor que buscarão a senha e a chave.

Estendeu a niqueleira a Henrich:

– Tens aqui a senha numérica gravada em uma placa de metal e tua cópia da chave física. Imprescindível que as escondas em lugares diferentes, mas sempre sob tua vigilância próxima.

Da mesma gaveta retirou uma pasta de couro.

– Tu deves estar pronto para migrar para a América do Sul. Aqui nesta pasta tem três passaportes com os três correspondentes disfarces e seus dados, preparados pela *Abwehr**. Tu deverás, se for necessário e no momento adequado, optar por uma dessas identidades preparadas por nosso serviço secreto, assumi-la e ir para o sul do Brasil, onde existem colônias alemãs, te integrar a elas e aguardar, incógnito, instruções nossas ou da própria *Abwehr*. Na pasta

* Abwehr: serviço de informações do exército alemão, de 1920 a 1945.

também tem dinheiro suficiente em marcos, libras e dólares, e um envelope com nossa senha interna, para eventual contato com algum outro agente do Partido designado.

– ...

– Tua ida acontecerá ao menor risco, se ou quando avaliarmos que os destinos da Alemanha e do Partido correm algum perigo, e para isso deves receber ordem direta do *Führer* ou minha.

Seyss-Inquart tamborilou os dedos sobre a mesa. O interlocutor sempre o impressionava pela impassibilidade psicótica. Se o mandasse cortar o próprio polegar fora neste momento, tinha certeza de que ele o faria sem pestanejar.

– Precisamos ter segurança de que, em qualquer hipótese, ao menos um de nós dois sobreviva. Para preservação da chave e senha, não deves mais andar próximo de mim ou do *Führer*, vais voltar a Ostmark.

Um *heil Hitler* mútuo selou a despedida dos dois leais seguidores nazistas. Mal sabiam que Belfegor e Belzebu jamais se veriam novamente.

X
IL FASCIO CALMATI

Por isso também nunca pode
haver surpresas na lógica.
Ludwig Wittgenstein,
Tractatus Logico-Philosophicus,
aforismo 6.1251

O ano de 1942 estava sendo movimentado. Já em janeiro, Getúlio Vargas tinha retirado o Brasil da posição de neutralidade na Segunda Guerra e rompido relações diplomáticas com o Eixo (Alemanha, Itália, Japão). Agora se especulava sobre o próximo passo, e as expectativas eram do ingresso efetivo do Brasil no conflito, com a declaração de guerra e o envio de tropas ao teatro de operações, na Europa.

Com a entrada dos Estados Unidos no conflito, após o ataque japonês a Pearl Harbor, as pressões sobre Vargas foram ficando irresistíveis e a promessa de financiamento de uma indústria siderúrgica no Brasil definiu a mudança de posição. Agora, então, o foco não era mais os comunistas, mas os fascistas.

Quase do dia para a noite, boa parte dos integralistas e nazistas do Barro viraram democratas! Os raros que mantiveram publicamente a retórica e a conduta começaram a ser taxados de *quinta-coluna* e um sujeito que mantinha um bigodinho em homenagem a Hitler foi até obrigado a raspá-lo. As sociedades étnicas foram proibidas, pois eram sementeiras de nazistas e fascistas.

Com a proibição das sociedades étnicas, o Barrense *Football Club* incorporou-as, tornando-se o Clube Aliança, que, com o aporte patrimonial, começou a construir uma portentosa sede. A ascensão futebolística fazia do Barrense, agora Aliança, uma potência municipal: recentemente havia derrotado o poderoso Ypiranga de Erechim por cinco gols a três, sagrando-se campeão municipal de Boa Vista do Erechim.

A nova sede social do Clube Aliança, que estava sendo erguida nas proximidades da igreja, logo ia receber grandes eventos, principalmente os bailes de carnaval, que eram famosíssimos. A igreja, por sua vez, já estava acertado que ia vir abaixo, para ser substituída por um templo muito maior e mais imponente, em pedra e alvenaria, que já estava em projeto para refletir a pujança industrial e comercial do Barro.

Günter andava exultante; o fascismo estava sendo derrotado. Não era somente pela ruptura brasileira de relações diplomáticas com a Alemanha nazista e países do Eixo, mas o empolgava a contraofensiva russa na frente oriental, depois do rompimento do tratado espúrio entre Stalin e Hitler e da invasão da União Soviética pela Alemanha.

– Agora o Hitler vai ver – dizia para Raquel, que crochetava e concordava calada.

A relação de Günter com o Partido era burocrática e tranquila. Reuniões da célula a cada três meses em Boa Vista do Erechim, e só para análise da conjuntura. Desde que o Partido fizera contato com ele, sua atividade fora de mero informante. Apenas uma vez o cobraram para agir, e não se tratava de uma ação política, mas do resgate de uma pessoa de seu cativeiro, em prol de um camarada.

Acontecera há aproximadamente três anos. Um companheiro pedira ajuda para libertar sua namorada e filha, presas pela família como punição pela gravidez antecipada. Quando o dirigente de Boa Vista do Erechim lhe falou, imediatamente soube que se tratava da tia de Raquel, Selmira.

Os riscos eram grandes, mas queria se mostrar capaz e ativo aos olhos do Partido. Günter teve que pedir e, surpreendido, obteve facilmente a ajuda de Raquel. Como ela era uma das poucas pessoas a quem era permitido algum contato com a tia, nem relutou em colocar nas suas mãos uma carta com as estipulações e o plano de fuga.

Na madrugada marcada, Selmira fugiu com a filha de dois anos no colo. Às seis da manhã, um trole furtado da Viação Férrea foi visto descendo na direção de Viadutos com um homem e Selmira. Quando o pai da moça se deu conta da fuga, lá pelas seis da manhã, acionou a polícia e o telegrafista da estação, e veio a informação do tal trole.

O grupo integralista, do qual o pai, o irmão e os sobrinhos da moça fugida faziam parte, foi acionado e partiram a cavalo pelas margens da ferrovia e atalhos. Passaram Viadutos e foram parar na segunda estação abaixo, a do Canavial, onde encontraram o trole e seus tripulantes: dois espantalhos, um deles vestindo o casaco de Selmira.

No dia da fuga de Selmira, Günter, cuja atafona ia de vento em popa, tinha entregas a fazer em Chapecó, então saiu cedo, com um ajudante que ele pegou no caminho. Passou por Rio Novo, entrou em Santa Catarina e, em Itá, logo depois da balsa, parou para ajeitar a carga.

– Podem descer, tia Selmira. Venham para a cabine.

Do meio de sacas de farinha de mandioca e fardos de erva-mate, saiu a tia, com a filhinha no colo. Sem mesmo bater do corpo o pó da estrada, abraçou o suposto ajudante, que apenas então estava conhecendo a filha. Respeitando o momento, Günter afastou-se, para que ficassem a sós por algum tempo.

Ao deixá-los em Chapecó, a tia de Raquel, a quem vira pela primeira vez há pouco, e seu companheiro agradeceram:

– Não volto nunca mais, e, se não fugisse, ia me jogar de uma das pontes ou me afogar na represa da caixa d'água, com a nenê junto.

No retorno, à noitinha, Günter fez sinal a Raquel de que tudo tinha dado certo.

Essa fora a única ação prática que o Partido lhe cobrara até o momento. E, antes de tudo, tinha sido um ato humanitário, em solidariedade a um camarada, e socorro a uma mulher e sua criança, vítimas de extremo machismo e mantidas em cárcere privado.

Segundo o dirigente da célula de Boa Vista do Erechim, Doutor Siviero, deveriam se manter na clandestinidade, sem aparecer, e ocupar espaços sociais e políticos sem declarar posição.

– Não se pode servir a dois senhores, mas, às vezes, para servir a um é preciso fingir serviço a outro -, dizia o jovem e talentoso médico.

Desde o evento no Café Piereto, que causara a demissão de Günter, muitas coisas haviam acontecido em seu entorno, além da retomada do contato partidário.

Ytzak e Isabel haviam conseguido casar: depois de ele ter trazido sua família para Luzia Dell'Agnoli conhecer, as coisas acabaram andando rápido. A mãe e a avó de Ytzak foram conversar com ela e, para surpresa de Günter e Giulio, foram recebidas como se fossem velhas amigas do apostolado da oração. Trocaram pontos e modos de bordado e crochê, tomaram chá, e, no final da terça-feira, os sírios embarcaram de volta para São Paulo, com uma visita acertada de Luzia, Isabel, Raquel, Giulio e Francesco à família do pretendente de Isabel, já dali a duas semanas. Pois foram, e voltaram com o casamento marcado para logo dali a dois meses.

No final das contas, Ytzak casou-se com Isabel mais de um ano antes de Günter e Raquel. E para o casamento veio boa parte da colônia síria de São Paulo, muitos tiveram que acampar no porão do salão paroquial, já que os dois hotéis da cidade ficaram lotados. Ytzak e Isabel partiram: foram morar na cidadezinha de Caçador, que, como o Barro, ficava na beira da ferrovia, já no norte de Santa Catarina, onde montaram uma loja de tecidos e confecções.

Com o rápido sucesso econômico da atafona, a Günter e Raquel também não foi mais negada autorização para casar, o que se deu na primavera de 1939. Boleslaw e Annika Nowak foram padrinhos, Günter mandou o caminhão da atafona a Princesa Isabel buscar toda a família de compadres, já então com mais uma integrante, para o casamento e a festa.

Para alegria de Günter, seu irmão, que era escrevente em um cartório de Porto Alegre, obteve a concessão do ofício do Barro, que estava vago. Com sua vinda, toda a família acabou morando em Boa Vista do Erechim, onde seu pai instalou a oficina de tanoaria, ofício familiar desde a Europa. Embora, por seu casamento, a questão do convívio e afetividade familiares estivesse já suprida, era muito bom ter os pais e irmãos perto de si.

Quando o primeiro filho de Günter e Raquel nasceu, porém, reacendeu-se a discussão do compromisso firmado por ele com os tios. Acontece que Günter quis dar ao filho primogênito o nome de Luís Carlos, em homenagem a Prestes.

Albert e Emma protestaram, invocando o compromisso de quando Günter viera morar no Barro: não se manifestar politicamente nem declarar simpatia ao movimento comunista. Günter enfureceu-se novamente com o tio, pois aquilo já era demais, intrometer-se na escolha do nome do seu filho. Ele entendia que o compromisso tinha se esgotado com sua saída do Frigorífico Independência.

No entanto, o nascimento do menino se deu quando corria o ano de 1940 e os pendores getulistas ainda iam para o lado do nazifascismo. Günter não se sentia em segurança, e a tia, principalmente, usava o passado comprometido dele como forma de domínio pessoal. O grupo integralista também era algo a se temer: estava em seu auge, impunha-se pela pressão física e pelo medo, usava como sua a bandeira nacional junto com a suástica e vivia procurando situações para demonstrar sua truculência.

Se, no aspecto econômico o empresário Günter e seus negócios iam muito bem, com a atafona e o soque de erva-mate rendendo cada vez mais, na questão política, naquele momento, ainda era refém dos tios e da conjuntura local e nacional.

E Emma Gudrung Sonnenwald, católica conservadora, não iria abrir mão do direito que julgava legitimamente ter: ela entendia como permanente o compromisso do sobrinho, inobstante sua saída voluntária da empresa do marido. Ela bateu o pé, enfrentou a ira de Günter, foi conversar com Raquel, ameaçou, primeiro de forma velada, depois expressamente... Era uma questão de poder.

Ante a ponderação da pragmática Raquel, que estava convencida dos riscos e prejuízos, e já sopesando que não seria conveniente nem valia a pena bancar algo que já se assomava a ele próprio como um capricho e inútil queda de braço com os Sonnenwald, Günter, não sem a sensação de ter se acovardado, concordou em mudar o nome do rebento e batizar o primogênito como Luís Egon Klimt. Talvez viesse a ter outro menino, e, em momento mais favorável, homenagearia o prócer Luís Carlos Prestes.

Os conflitos éticos nunca abandonavam Günter. O problema é que o conforto e sossego da vida atual, com a satisfação das afetividades, lhe eram prazerosos. Prazer lhe proporcionavam, da mesma forma, as movimentações e os desafios de sua indústria e os bons resultados financeiros obtidos com a faina. Igualmente, gostava do reconhecimento social, em grande parte advindo de sua atividade no Barrense, como atleta e gestor do clube, mas também em razão dos êxitos como industrialista, comerciante e administrador.

O compromisso com a causa do socialismo internacionalista, que deveria vir em primeiro lugar, dava espaço à vida pequeno-burguesa, à qual Günter progressivamente se habituava. Assim, a posição do Partido em lhe atribuir o papel de agente infiltrado era-lhe confortável na medida em que significava cada vez menos compromisso. Se interpretar um papel era parte do jogo, preferir ser o personagem, no entanto, colocava Günter em um dilema moral frustrante e irresolúvel. Quando demandado pela Causa, teria ele condições de abrir mão dessa vida estabilizada e aprazível?

Já para o Partido, que operava na ilegalidade, Günter era o agente perfeito: lúcido, disciplinado, arguto e com um disfarce acima de qualquer suspeita, o de empresário bem-sucedido. A determinação era que se mantivesse incógnito, mesmo com a virada de posição do Brasil na questão da guerra e o arrefecimento do nazifascismo. Talvez viesse a ser útil ou necessária a sua posição privilegiada, já que, nas palavras do Doutor Siviero, o médico dirigente da célula:

– A cadela do fascismo não morreu, apenas não está mais no cio. O cio do mal é periódico; enquanto não houver a definitiva vitória da racionalidade, a ganância sempre tende a querer procriar...

XI
FEMME FATALE

"Lei de causalidade", esse é um nome genérico.
[...] há na física leis de causalidade,
leis com a forma de causalidade.
Ludwig Wittgenstein,
Tractatus Logico-Philosophicus,
aforismo 6.321

As duas mulheres se olharam expressivamente antes de se abraçarem. A mais velha, geralmente uma fortaleza afetiva e sentimental, viu o corpo sofrido, magro, amarelado e arqueado da outra, e sua expressão facial, outrora alegre e altiva, agora com um olhar tristonho e cabisbaixo. Apenas movimentou a cabeça, em surda desaprovação àquilo que a humanidade era capaz em termos de maldade e não pôde conter uma exclamação de dor pela amiga. A mulher mais nova chorava baixinho, um choro introspectivo, como se não tivesse forças para externar em lágrimas tudo que lhe passava no íntimo.

– Clara, eu te imaginava morta. Todas as notícias davam conta de teres perecido nas mãos dos nazistas. Tu não imaginas a minha alegria quando te soube viva e livre.

As duas mulheres saíram a caminhar vagarosamente pelas ruas de Estocolmo. Alexandra Kollontai, veterana da revolução socialista, outrora uma das pessoas mais poderosas do regime, vivia agora numa espécie de ostracismo decorrente de suas posições firmes, que, às vezes, se contrapunham a Stalin e ao Politburo. Mas ainda ocupava o destacado cargo de embaixadora da União Soviética na Suécia. Assim, embora estivesse fora do centro de decisão, tinha protagonismo e agia de forma importante, preparando ações de inteligência que se traduziam no momento da guerra de reação soviética, mas também visando ao mundo que viria com o final do conflito e o projetando.

Alexandra Kollontai amparava pelo braço Clara Ângst, que conhecera no início dos anos trinta como uma bela militante da juventude comunista. Clara preferia conversar assim, enquanto caminhavam, sem olhar nos olhos da interlocutora: dores e memória podiam e deviam ser narrados, mas era-lhe menos penoso falar sem olhar diretamente para a amiga.

– Camarada Alexandra, o inferno existe, e é na terra. Bernburg é o seu nome. Precisamos agir rápido, porque o mal é veloz. Milhares já foram mortos ali, e estão sendo mortos agora. Isso sem falar da fome, das doenças, do frio, da tortura, dos experimentos cruéis, da degradação. Precisas me ajudar a salvar as pessoas que lá ficaram; a cada dia que passa, centenas são mortos só naquele campo, e sei que existem muitos outros...

O apelo era pungente. Tudo o que Clara dizia corroborava os testemunhos de outros prisioneiros fugidos de campos de concentração nazistas e de soldados feitos prisioneiros. Os relatos eram incipientes, mas davam conta de atrocidades inomináveis. A ânsia dessa mulher fragilizada, mental e fisicamente, em lutar contra o mal tinha toda a legitimidade possível. Mas não havia como alcançar qualquer campo de extermínio nesse momento.

A contraofensiva dos bravos soldados soviéticos estava acontecendo, porém era da quase total destruição causada pela ofensiva alemã na Rússia que se partia. Armamento, carros de combate, bombas e aviões de guerra eram produzidos em escala cada vez maior, em um esforço de guerra nunca visto, ainda mais com o arraso causado pelos alemães. No entanto, a Wehrmacht, derrotada e forçada ao recuo em Stalingrado e Moscou, ainda resistia ao consistente e progressivo avanço do Exército Vermelho. Muito lenta essa progressão, para quem sabia do que vinha ocorrendo na Alemanha e territórios sob controle dos nazistas.

Era preciso que se abrisse uma frente na Europa Ocidental para que a capacidade de resistência alemã fosse diluída. E, nas atuais circunstâncias, essa frente somente seria aberta quando Estados Unidos e Inglaterra percebessem que, em não o fazendo, a maior parte do continente restaria em mãos russas. A guerra era o tabuleiro de um jogo geopolítico... Enquanto isso, mais e mais notícias chegavam sobre extermínio em massa de judeus e outros perseguidos.

– Minha querida menina... Tua dor e tua pressa são legítimas. Podes ter a certeza de que os valorosos camaradas de nossas forças tudo fazem para ganhar terreno em direção a Berlim. Tu, que lograste escapar daquilo que justamente apelidas de inferno, e eu temos muito a fazer para derrotar o nazismo. Mas não é atuando em frentes de combate, não é com armas na mão que eu e tu faremos a diferença contra o nazifascismo, deixemos isso para os nossos camaradas soldados.

Clara pareceu decepcionada. Tinha sido uma das raras pessoas a conseguir fugir de um campo alemão de prisioneiros e sair da Alemanha. Conseguira passar para a Polônia, depois Lituânia, com a ajuda de uma congregação religiosa e muita sorte. A despeito de seu estado físico, queria voltar a agir, lutar, tinha compromisso consigo própria de salvar pessoas do nazismo cruel.

– Preste atenção: assim que eu soube que estavas viva, mandei te buscar. Nessa luta contra o nazismo tenho uma missão para a qual és a pessoa mais competente e adequada. Estou te recrutando para uma ação das mais importantes para que vençamos nossos inimigos.

– Camarada Alexandra, com todo o respeito que tenho por ti enquanto revolucionária e referência teórica para a emancipação do proletariado, principalmente para as mulheres, eu te peço: não me coloques em atividade burocrática, eu quero ir para a frente de combate, junto de nossos soldados. Tenho que agir, ou enlouquecerei.

– Clara, longe de mim te atribuir função burocrática, logo a uma agente com tuas características. Escute: vou ser breve, depois entraremos em minúcias. Hitler está sendo contestado mesmo dentro do nazismo. Nossos serviços de informação, embora combalidos, são eficientes, e o NKVD*

---

* NKVD: Narodniy Komissariat Vnutrennikh Diel (Comissariado do Povo para Assuntos Internos), foi o equivalente ao Ministério do Interior da União Soviética de 1934 a 1946.

interceptou que o próprio chefe da *Abwehr*, almirante Wilhelm Canaris, logo deve tentar agir contra Hitler.

– ...

– Quer Canaris seja exitoso ou não, isso pouco mudará. Porém, apuramos que um dos motivos do descontentamento dele, além dos erros estratégicos de Hitler, foi o desvio de uma fortuna extorquida de judeus ricos da Áustria, principalmente dos Wittgenstein. Esses valores estariam depositados em um banco suíço, e a liderança nazista que tem o código e a chave da conta anônima, pressentindo a derrocada do regime, migrou para a América do Sul, mais precisamente, para o sul do Brasil, onde deve tentar se camuflar junto a comunidades de imigrantes europeus. Trata-se de um nazista austríaco, membro da SS, um certo Henrich Brentl Steiner, que, obviamente, lá irá ter outra identidade...

Alexandra Kollontai tomou fôlego e prosseguiu:

– Esses valores, se não pudermos evitar, irão servir para fomentar focos nazistas, assegurando a sobrevivência desse movimento odioso e de seus chefes, os que escaparem e que serão escorraçados da Europa. Depende como vão se dar as coisas, talvez tentem evacuar o próprio Hitler. Não é incogitável que tentem formar um enclave ou que tomem o poder em alguma republiqueta. Aí é que tu entras, com tuas habilidades de linguista e lutadora treinada... Tu deves ir para o Brasil, localizar este nazista filho de uma lacraia, tomar dele os códigos e a chave Wittgenstein. Essa riqueza deve se prestar a fins nobres. O NKVD está preparando tudo para ti... Mas primeiro deves te restabelecer, consertar tua saúde e recuperar as forças, minha pobre e querida pupila...

O corpo da bela moça, que vinha convalescendo aos poucos de uma pneumonia adquirida no campo de extermínio de Bernburg, pareceu tomar viço. Se não lhe permitiam ir à frente de batalha, poderia caçar ao menos um nazista e tolher o financiamento da sobrevivência desses assassinos no pós-guerra. A tarefa lhe era grata, e Clara Ângst sorriu pela primeira vez em vários anos. Mais ainda porque, passando em frente a uma casa, ouviram no rádio a notícia de que, neste dia 6 de junho de 1944, um contingente imenso de tropas aliadas havia desembarcado na Normandia...

XII
O BARRO NÃO DEIXA DE SER BARRO POR TROCAR DE NOME

Na linguagem corrente, acontece com muita frequência que uma palavra designe de maneiras diferentes – pertença, pois, a símbolos diferentes – ou que duas palavras que designam de maneiras diferentes sejam empregadas, na proposição, superficialmente do mesmo modo [...].

Ludwig Wittgenstein,
Tractatus Logico-Philosophicus,
aforismo 3.323

Marília Dell'Agnoli dirigiu-se à frente da *orchestra* dos Finkelstein. Ia cantar. Giulio, a quem a derrota de Hitler e Mussolini havia feito ainda mais macambúzio do que sempre fora, tentou, com um olhar suplicante à esposa, que ela não o fizesse. Ela nem levou em conta o pedido mudo. Quando os primeiros acordes da banda revelaram o que seria executado, Giulio se encolheu, parecendo entrar em supremo padecimento.

E Marília entoou harmoniosa, com sua voz de canto lírico:

Una mattina mi sono alzato
O bella ciao, bella ciao, bella ciao, ciao ciao

Giulio ouvia aquilo como se fosse sua suprema humilhação. E era. Günter, sentado à mesma mesa, observou o cunhado. Ele tentava entender aquela criatura amarga, sempre triste, um homem eternamente ferido, magoando-se ainda mais com a expressão canora da esposa. De que rincão profundo daquela alma vinha tanta dor e amargura?

O partigiano, portami via
Ché mi sento di morir

O salão da nova sede social do Barrense, agora Clube Aliança, estava repleto para este baile da primavera, e Marília, além da perfeita execução musical dos Finkelstein, ganhou o acompanhamento também dos presentes, principalmente dos italianos, que cantavam e acompanhavam batendo palmas e erguendo os braços. Günter, entre reparar no cunhado e seu sofrimento e deixar-se empolgar pelo canto, pensou que, além dele e Giulio, poucos ali sabiam do caráter antifascista da composição que Marília entoava. "Alguns desses bocós estavam até outro dia lambendo a suástica e gritando *Deus, pátria e família*", disse consigo.

E quest'è il fiore del partigiano
Morto per la libertá

Marília encerrou sua belíssima interpretação sendo muito aplaudida. Voltou para a mesa, onde Giulio já a aguardava meio recurvado e encolhido, com o casaco dela no braço, pronto para ajudá-la a vesti-lo e irem embora.

Ela, maravilhosa, altiva, elegante, aparentando uma dama de filme, uma diva; ele, alquebrado, envelhecido, parecia ter sido esbofeteado, de tão moralmente atingido pela performance da esposa. Despediram-se e se retiraram, não sem ouvir os protestos das pessoas que estavam por perto, que pediam que eles ficassem e que ela cantasse novamente. Era, de fato, um casal de comportamento muito estranho.

O comentário de Günter sobre Giulio e seu agir esquisito era costumeiro, porém, dessa vez, tendo tomado uma taça de champanhe a mais, Raquel se armou em defesa do irmão:

– É que tu não sabes o que aconteceu com ele quando pequeno... – falou de forma que somente o marido a escutasse.

– Não sei mesmo... – Günter ficou curioso, e Raquel aproximou mais o rosto, para contar.

– Eu não tinha nascido ainda, ou era bebê, e tínhamos um outro irmão pequeno, para te falar a verdade nem sei o nome, o assunto é evitado na família... Em uma ocasião, quando o Giulio tinha cinco ou seis anos, e meu pai tinha deixado o revólver em cima da mesa, o Giulio pegou a arma para brincar e ela disparou. A bala destruiu a cabeça desse meu outro irmãozinho... pobrezinho... E o Giulio então? Coitado!... Eu sei, não por informação de minha mãe, mas a tia Selmira me contava meio às escondidas que ele ficou dois anos mudo. O pai o acusava, porque já tinha proibido que mexesse na arma...

Günter fez uma careta, horrorizado. Isso talvez explicasse tudo. Sua superproteção em relação aos irmãos, as fobias, a relação masoquista com a esposa... Lembrou-se de umas fotos divulgadas pelos russos, quando da libertação dos campos de concentração na Europa, que, propositadamente, repassou ao cunhado para que visse as maldades cometidas pelos que havia defendido... Giulio as olhava, olhava e olhava, parecia ter um misto de dor, culpa e... prazer.

– Culpa! – concluiu Günter. – Ele se acha culpado, remói essa responsabilidade que lhe inculcaram! A dor e o mal convivem nessa criatura com uma profunda e irremediável culpa! É uma cadeia causal de mal e dor se retroalimentando e gerando mais mal e dor.

Ainda chocado com a revelação de Raquel, lembrou-se de outra situação esdrúxula recentemente protagonizada por Giulio, quando ele e Marília adotaram um menino de lindos olhos azuis e, após alguns meses, simplesmente desfizeram a adoção e o abandonaram. Corria à boca pequena que a criança seria filho natural de um dos Dell'Agnoli, de Francesco ou de um primo de Erechim, e que Giulio teria feito a adoção para acomodar e acobertar as coisas. A mãe biológica seria pobre, estaria a incomodar, demandando sustento ao filho, e, pior para os padrões sociais e raciais do Barro, seria morena *cor de cuia*, quase negra. Marília teria descoberto o embuste e, sentindo-se vítima de uma armação, exigido que o pequeno fosse devolvido à mãe biológica.

Mas o baile, indiferente às considerações de Günter sobre Giulio e seus recalques, seguiu animado depois da apresentação de Marília. Nos dez anos que decorreram da chegada de Günter, a sociedade local evoluíra muito. Puxado pelos dois grandes frigoríficos e várias fábricas menores, o progresso econômico trouxe uma vida social mais elaborada, *chic* até. Aqui no baile, por exemplo, no salão novinho em folha do Clube Aliança, todos os homens estavam de terno e gravata, as senhoras e senhoritas usando *scarpins*, perfumes caros, sedas, casacos de pele e estolas na moda.

Muitas pessoas novas tinham chegado e se agregado, gente que vinha trabalhar nas empresas e funcionários públicos. Dois médicos estavam clinicando junto ao hospital, que, ainda de madeira, logo viria a ser substituído por um moderno nosocômio. Também advogados, engenheiros, comerciantes...

E havia muitas casas novas, em pedra e alvenaria. Beppe Caprone não vencia entalhar pedras e colocá-las, já que, além do tempo dedicado a elas, dedicava outro tanto às suas costumeiras carraspanas.

Uma nova igreja católica já erguia suas paredes, que viriam a ter imensos vitrais. O projeto original era de uma torre só, mas a ascendente burguesia, querendo manter as boas graças com o Divino, que proporcionava tanta pujança, resolveu emendar a planta e bancar duas torres imensas, que logo iriam apontar para o Altíssimo. Em troca de financiar o gigantismo do templo, as famílias abonadas teriam seus nomes perenizados nos imensos vitrais que foram contratados com um artista vidraceiro italiano.

O nome da cidade (não se admitia mais chamar de vila) havia mudado. Barro era feio, remontava a sujeira, disseram. Além disso, havia um movimento nacional de tupiniquização dos nomes. Embora indígenas fossem pessoas malvistas e desdenhadas quando apareciam por aqui para mendigar e vender cestos, hipocritamente se fez um retorno, de duvidosa fidedignidade, ao tupi-guarani, vindo a ser Gaurama, para significar *a terra do barro*.

Barro que, aliás, continuava dominando as ruas: cada casa tinha, nas portas de entrada, uma lâmina de ferro para retirar a lama que se grudava nos calçados. Calçamento, por ora, era apenas um sonho distante.

E falava-se, cada vez mais, em emancipação: "Uma cidade pujante como a nossa não poderia ficar servil à outra sede", diziam os líderes emancipacionistas, no que eram secundados pelos moradores. Erechim, que recém tinha deixado de lado o prenome Boa Vista, resistia ao movimento emancipatório, prevendo a queda na arrecadação.

Günter estava cada vez melhor de vida, destacado e influente. Em relação ao Partido, ficara resolvido internamente que, mesmo com a recente democratização do pós-guerra, ele não revelaria sua filiação e tentaria *correr por fora*, vinculando-se a um partido burguês. A decisão, muito conveniente a Günter, se revelara acertada, visto que o período de legalidade concedida aos comunistas fora curto, e há poucos meses o presidente Eurico Gaspar Dutra conseguira que o Tribunal Superior Eleitoral decretasse, novamente, a sua ilegalidade.

Assim, Günter estava pleiteando sua indicação para concorrer a vereador de Erechim pelo distrito de Gaurama, como apontado do Partido Social Democrático (PSD), o partido mais vinculado à neoburguesia local. Essa candidatura não era inconteste: Tercílio Nauro Benone, o mais velho dos três rapazes que haviam chutado a cabeça de Caprone no incidente do Café Piereto, há dez anos, queria que fosse o seu nome apontado para concorrer. Durante a próxima semana, os integrantes do PSD local iam resolver a quem caberia a indicação, mas tudo fazia crer que seria tranquilo para Günter.

Tercílio Benone, um baixote com feições de japonês que também tinha sido atleta do Barrense por algum tempo, no entanto, se mostrava estranhamente confiante em ser ele o candidato. Em uma conversa no balcão do Café Piereto, depois de ter tomado a terceira de pinga, dissera que esperava *umas notícias* de Porto Alegre. E agora, no baile, do outro lado do salão, acenou, cumprimentando, com um sorriso enigmático. Günter nem se apoquentou, escorado que estava na boa relação com a maioria dos convencionais do PSD do distrito.

O que Günter não sabia era que Tercílio tinha ido a Porto Alegre e fizera contato com antigos correligionários integralistas. Um desses se comprometera a fazer investigações sobre o passado de Günter. Alguns dias atrás, Salete, a secretária da empresa do amigo integralista, telegrafara dando conta a Tercílio que remeteriam o farto material obtido: certidões policiais, autos de apreensão, cópias de relatórios, recortes de jornais.

***

No dia seguinte, domingo, o almoço era na casa de dona Luzia, com quem Günter e Raquel moravam, por enquanto. Giulio nem mencionou o baile; apareceu recuperado, era como se não tivesse havido a apresentação da esposa. E Günter também não disse nada, porque respeitava as limitações tácitas de assuntos. Não falavam sobre política ou religião, temas sempre delicados com Giulio, mesmo que Günter jamais declarasse francamente suas posições.

Qualquer conversa com ele era sempre tensa, mas esses motes eram mais desconfortáveis ainda.

Naquela manhã, enquanto Günter preparava no quintal o fogo para o churrasco e as mulheres, dentro de casa, cozinhavam batatas para a salada com *mayonnaise*, Giulio trouxe uma pasta de papel:

– Günter, preciso de tua ajuda com o Francesco. Olhe o que achei na gaveta dele na loja... – e estendeu o envelope a Günter.

Eram desenhos a carvão, dezenas deles. Belíssimas naturezas-mortas, paisagens, retratos... Já tinha visto Francesco a desenhar; ele vivia rabiscando qualquer papel, mas não sabia que tinha tanto talento. Eram, de fato, desenhos muito bons e criativos. Günter somente foi entender o que afligia Giulio quando chegou aos últimos sete ou oito desenhos: eram nus artísticos.

– Esse merdinha! Produzindo e guardando essas obscenidades! Isso é nojento.

Günter franziu o sobrolho. Não, não eram obscenidades; os desenhos eram bonitos, de ótimo gosto, e o máximo a que chegavam eram os seios nus. Mas entendeu que aqui, nesta vila, nesta família conservadora e católica, e, principalmente, para o irmão recalcado, a beleza captada por Francesco em suas cartolinas não seria compreendida como tal.

– Tu és cunhado e o amigo mais próximo dele. E eu estou perdendo ascendência, ele não me ouve mais... Quero que tu converses com o Francesco, ele não pode estar fazendo isso, ainda mais que agora é um homem casado.

Günter assentiu a Giulio, falaria com Francesco. Consigo, resolveu que iria relativizar, isso não era para tanto caso.

Quando, depois do almoço, Günter saiu para fumar (na casa da sogra não fumava à mesa), chamou Francesco para fora e foram longe da casa, até onde estava o caminhão da atafona.

– Olha, tem isto aqui... O Giulio pediu para te repreender – Günter falou rindo, estava até se divertindo com a situação, espicaçava, bem humorado, o amigo. Estendeu o envelope com os desenhos, os nus estavam por cima. – O problema é que a tua *Frau* vai querer saber quem é a modelo...

Francesco ficou vermelho.

– Olha, Günter, são desenhos antigos...

Günter fez um gesto de interrupção:

– *Cesco*, não vou fazer julgamento moral. Não me compete. Apenas te falo porque teu irmão me pediu para fazê-lo. E quer saber? Não sou entendido, mas os teus desenhos são ótimos. Todos eles.

– O Giulio está cada vez mais chato. É um mala sem alça, um purgante bisbilhoteiro. Ele abriu minha gaveta, que mantenho fechada com chave! Sei que ele faz isso por zelo, só que acabou minha paciência.

Francesco olhou para o chão.

– Escuta, vou contar para ti primeiro: compramos umas terras, para os lados de Passo Fundo, em Coxilha. Foi barato, aqueles terrenos ali não têm muito valor, e é uma gleba enorme. Eu tinha algum capital e um dinheiro guardado, o pai da Selly me emprestou mais um pouco, e vou ter que vender minha parte na loja. Talvez eu venha a precisar de algum empréstimo teu, conforme forem as coisas. Mas Giulio nem sabe, ainda. E mês que vem já vamos morar lá...

– Teu irmão vai espernear, vai pôr a tua mãe no meio...

– É irreversível, Günter. Precisei de um sócio com capital disponível, e o Maximino se propôs, não tive alternativa. Já está tudo acertado, negócio celebrado.

Günter fez uma careta, dando conta de sua desconfiança em relação a negociar com Maximino Ghirardelli.

– Te prepara para o incômodo, põe tudo no papel.

Nesse instante Selly, a simpática alemãzinha esposa de Francesco, assomou no topo da escadaria de pedra; estava vindo ter com eles. Francesco fez um olhar apavorado para Günter, que entendeu e rapidamente deixou no envelope apenas os desenhos com os nus e o jogou para dentro do caminhão, ficando na mão somente com os desenhos não comprometedores. Francesco piscou agradecido e fez sinal para que o amigo rasgasse os desenhos de nus.

***

Na segunda pela manhã, quando subiu da atafona com o caminhão carregado para fazer entregas à tarde em Erechim e parou na banca e barbearia para pegar o seu volume mensal de *Seleções do Reader's Digest*, Günter foi encontrado por uma esbaforida Raquel. Ela relatou que uma moça, a qual sempre ajudava com trabalhos de bordado e era faxineira na casa de Maximino Ghiradelli, veio contar que ouvira Tercílio Benone dizer ao patrão dela que esperava uma correspondência de Porto Alegre, a qual chegaria hoje ou amanhã e continha coisas muito comprometedoras sobre Günter, que poderiam até levá-lo a ser preso.

"Então, dez anos depois, terá chegado o dia da minha queda? E pela mão desse abostado!", pensou Günter.

Primeiro ficou um pouco atarantado, mas logo passou a agir como o militante treinado que era. Tinha uma chance. Deixou para trás uma preocupada Raquel, a quem nem deu quaisquer satisfações, entrou no caminhão e tocou para Erechim, sem se dar conta de que levava consigo seu fiel ajudante Chiquinho, o ex-coroinha de frei Pancratius, agora um homenzarrão.

Ia à agência postal, sabia que as correspondências destinadas a qualquer logradouro no município de Erechim passavam por lá, ia tentar interceptar. O chevroletão carregado, porém, roncava, roncava, mas mal se arrastava na estrada, muito lento. Günter parou e derrubaram atabalhoadamente a carga. Deixaram dezenas de sacas de farinha de mandioca na beira da estrada; viriam buscar depois.

Com o caminhão mais rápido, logo chegaram ao correio. Günter olhou e, por azar, não avistou Quirino, o camarada que era o agente postal e jogador do Ypiranga que, tempos atrás, fora quem fizera contato com ele.

– Foi tomar café, só vai atender depois – disse a esposa dele, que estava passando pano no chão da agência.

Sem atentar para a restrição feita pela mulher, Günter correu para a moradia de Quirino, que ficava na parte dos fundos da casa onde funcionava o correio. Quando Antonio Quirino o avistou, já percebeu que se tratava de alguma urgência política. Explicada a situação, correu para a agência, mas o outro funcionário já tinha ido para a estação com o carrinho dos malotes. Disse à mulher que se virasse no atendimento, que voltaria logo. Embarcaram no caminhão e foram em direção à estação. Já próximo dela, viram o funcionário indo com o carrinho das malas postais.

Quirino, que exercia a chefia da agência postal, disse ao colega subordinado que fosse tomar um café, ele próprio faria o despacho das malas. O homem nem bufou ou perguntou, até gostou de ser substituído e voltou para a agência. Ali mesmo, no carrinho, abriram o malote de Gaurama e facilmente encontraram um envelope dirigido ao Tercílio Benone; estava lá, com timbre de uma empresa farmacêutica e remetido por uma Salete de tal.

– Mas não vou poder te entregar, é registrado. Vamos ter que abrir, retirar o conteúdo, e fechar novamente.

Abriram o envelope. De fato, mesmo a um primeiro olhar era um farto material comprometedor. Enquanto Günter se distraiu com os papéis, Antonio Quirino, sabendo que estavam cometendo uma grande irregularidade, queria que se aviassem.

– Veja algo para colocarmos no envelope, depressa.

Günter lembrou-se da revista *Seleções do Reader's Digest*.

– Chiquinho, alcance a ele aquele envelope que está aí pelo chão, com a revista que peguei na barbearia em Gaurama.

Antonio Quirino abriu o envelope que Chiquinho lhe alcançou e transferiu seu conteúdo para dentro do envelope em que tinham vindo os documentos que implicavam Günter. Lacrou-o novamente, fechou a mala postal e seguiu rápido para a estação, ouvindo pelas costas os agradecimentos do camarada, os quais retribuiu com um aceno de cabeça, as duas mãos ocupadas no carrinho.

Günter sentou no caminhão, aliviado. Ligou o motor e partiram. Quando estavam já chegando para recarregar as sacas de farinha de mandioca que tinham deixado na beira da estrada, entreviu no chão da cabine do caminhão a revista *Seleções do Reader's Digest.*

– *Putalamerda*! – exclamou em voz alta.

***

O envelope foi entregue ao excitado Tercílio Benone na terça pela tarde. Seguro de seu conteúdo, nem quis abrir, ia deixar para fazê-lo na reunião-jantar do PSD do distrito de Gaurama, que aconteceria logo mais, no Clube Aliança. Ao chegar em casa, sua esposa Benícia, uma entroncada espanhola de cara sempre amarrada, ciumenta, já encrencou com a remetente do tal envelope:

– Quem é essa tal de Salete?

Tercílio tranquilizou-a, explicou do que se tratava, queria desmascarar Günter na presença do maior número de partidários, que iriam estar com as esposas.

Assim que começou a reunião, todos sentados à mesa, já queriam sacramentar a candidatura e passar para os aperitivos e o jantar, mas o confiante Tercílio os interrompeu:

– Antes de aprovarem o nome do Günter, queria que dessem uma olhada nesses documentos que me chegaram hoje mesmo de Porto Alegre...

Benícia abriu o envelope, cujo conteúdo o arreganhado Tercílio nem conseguiu ver, dada a velocidade do golpe. Aliás, não viu nem o golpe, uma bofetada de mão aberta e braço estendido que lhe acertou as fuças e o derrubou para trás, com cadeira e tudo. Como uma onça, a castelhana ainda pulou em cima dele, e os dois homens mais próximos tiveram trabalho para fazê-la parar de socar.

No chão, espalhados, estavam os nus artísticos que Francesco havia lindamente desenhado a carvão e que Günter esquecera de rasgar.

XIII
A LUTA DO BEM CONTRA O MAL

É claro que a ética não se deixa exprimir.
A ética é transcendental.
(Ética e estética são uma só).
Ludwig Wittgenstein,
Tractatus Logico-Philosophicus,
aforismo 6.421

Günter usava uma estratégia para conversar com Beppe Caprone: tinha que ser entre o primeiro e o terceiro copo de vinho. Antes de começar a beber, ele era um sujeito sem graça, reservado, caladão, o pouco que falava era difícil de compreender, meio resmungado. Já depois do terceiro copo ele ficava chato, repetitivo, impertinente, inconveniente, interpretava errado o que a ele se dizia, gritava com qualquer um que se aproximava. Por essas características, as conversas entre os dois amigos se davam geralmente em uma mesa do Piereto, como agora, e duravam somente até quando os efeitos do álcool possibilitavam uma boa troca de ideias.

– Beppe, vencemos o fascismo. Nada restou para eles, foram retirados do cenário político mundial. Hoje parece até que os países disputam para ver qual é o mais antifascista.

– Amigo Günter, não te iludas. O mal que gerou o fascismo não foi criado por Mussolini ou Hitler. Esse mal estava por aí, pairando. Eles apenas foram competentes em vetorizá-lo. A derrota só varreu a poeira para baixo do tapete; quando for sacudida, voltará a sujar tudo. Vejas tu que não demorou: o Dutra já colocou o teu partido na ilegalidade novamente...

– Epa! Meu partido é o PSD.

Caprone olhou fixo para Günter, enquanto fazia um gesto desdenhoso com a mão:

– Eu sei quem tu és, amigo, e tu sabes que eu sei. E, se tens algum temor por eu saber de tua índole e de teu íntimo político, eu te garanto: nunca ouvirão nada de mim, nem quando eu estiver completamente nos braços de Baco.

Günter nunca tinha contado a Beppe Caprone sobre sua atividade política anterior a Gaurama e hoje paralela. Mas aquele bruxo parecia saber tudo. "Impressionante", pensou, "como é que um sujeito tão lúcido, culto e inteligente se desperdiça assim?". Enquanto acendia um cigarro para si e outro para o amigo, reparou no seu rosto inchado, na barba malfeita, no cabelo sebento e sem corte, no olhar macilento. Retomou:

– Mas, Beppe, *a cobra fumou*!... O exército brasileiro combateu o nazifascismo no campo de batalha. Nossos rapazes foram lutar na Europa, e são hoje inimigos carnais do nazismo e do fascismo. Tu achas que esses heróis de guerra algum dia permitirão o retorno desse mal?

– Olha, escreve aí em algum lugar, porque tu poderás me cobrar ainda quando eu estiver vivo e bebendo meus tragos: os próprios filhos dos pracinhas, que lutaram bravamente contra o demônio e tomaram chumbo dele, não estão imunes a serem recrutados e virem a servir ao que hoje chamamos de mal. E, provavelmente, esse mal metafísico vai tomar outro nome, mas se reavivará e virá no futuro, novamente com as mesmas falácias.

Günter balançou a cabeça, não comungava do pessimismo do amigo, que prosseguiu:

– Não duvide que logo mais o lema nazista *Deus, pátria e família* estará aqui em nossas ruas, e nas bocas até mesmo de quem levou bala do nazismo: o deus customizado que eles criaram, a pátria exclusivamente para eles, e a família deles dominando... Até mesmo os poucos judeus que restaram nos campos de concentração não é impossível que adiram ao sionismo, que nada mais é do que o fascismo judeu...

Tomou, com evidente prazer, o gole que encerrava seu segundo copo de vinho, suspirou e continuou, em tom de profunda decepção:

– Não creio que, de tudo o que aconteceu, reste algum saldo civilizatório para a humanidade.

– Mas o mundo se pôs contra o extermínio...

– Bobagem. Pura hipocrisia. Tem lugares, acho que até mesmo aqui no Rio Grande do Sul, em que ainda se paga por par de orelhas dos índios coroados. O que se fez e se faz com os nativos brasileiros é igual àquilo que agora começam a chamar de holocausto. O plano nazista de exterminar os judeus está em evidência não porque o humanitarismo triunfou, e sim porque existem muitos judeus ricos, refinados e cultos.

Günter suspirou, ia treplicar, mas Beppe Caprone adiantou-se, enquanto acenava para o bodegueiro trazer mais um *bicchiere di vino*:

– Mas e o genocídio dos belgas contra os negros no Congo? Ou dos brancos contra os negros de toda a África? E contra os chineses, a Guerra do Ópio? E a conquista da América pelos europeus, quantos milhões matou? E as degolas recíprocas entre Chimangos e Maragatos? A verdade é que o mal que gerou o holocausto está mais presente nas sociedades humanas do que tu julgas; é inerente a elas, paira sobre elas, como se fosse o diabo... Lúcifer, Satã, Belfegor e Belzebu fizeram crias ao nosso redor...

Günter era um otimista. Tinha inabalável confiança na evolução da sociedade em direção à racionalidade e eliminação das aflições humanas. A arenga cética do amigo anarquista em relação à humanidade e seus desígnios, falando de um invencível *Mal Absoluto*, esta entidade metafísica que, segundo ele, tudo perpassava, não teve o condão de abalar sua crença em um futuro de partilha e convivência pacífica.

– Olha, Beppe, concordo, o mal existe sim, tivemos milhões de provas cabais disso recentemente. Mas o nazifascismo foi uma ocorrência política e histórica do mundo físico, decorrente de um vácuo de racionalidade, e não porque baixou algum *espírito coletivo de maldade*. O mal foi trivializado, tornou-se banal, mas isso se deu por uma escolha política concreta.

– ...

– Naquele momento histórico perdeu-se politicamente espaços de racionalidade, e nesse espaço político é que o mal entrou. Nem vou discordar de ti quanto ao futuro, porque podem vir a ocorrer condições históricas que proporcionem novamente o domínio do mal. Mas isso somente ocorrerá se perdermos a disputa, e ela é essencialmente política. Hoje, estamos vindo de uma recente vitória do bem sobre o mal, e foi uma vitória política antes de ser militar. E isso é muito bom sinal.

Alguém vindo dos lados da estação gritou um vibrante *béé*, a onomatopeia ofensiva que deixava Beppe Caprone furioso. Ele respondeu com uma chuva de impropérios terríveis contra a honra até da bisavó do ofensor, que gargalhou alto e repetiu a ofensa gratuita.

– Beppe, já te disse várias vezes: não respondas, eles só mexem contigo porque tu respondes. Tira a graça deles, e eles vão parar – Günter tentou sossegar o amigo, sem êxito.

– E esse *franchão* vive na igreja dando a bunda para os padres!

Günter percebeu que o outro agora tinha incorporado o personagem do mendigo gritão e boquirroto. Não havia mais o que fazer ou argumentar. Era impressionante como o álcool variava seu comportamento.

***

Com o ano de 1947 já indo para o final, Günter recebeu um telegrama do Partido, em código, convocando para uma reunião urgente e extraordinária em Porto Alegre em dois dias. Ficou preocupado, era a primeira vez desde há dez anos, quando viera morar em Gaurama, que o artifício de *confirmada sua consulta* estava sendo usado. O que estaria acontecendo? E a convocação era direta, sem passar sequer pelo conhecimento da célula de Erechim.

Aproveitou para resolver alguns interesses comerciais em Porto Alegre e compareceu, não sem antes tomar os devidos cuidados de checagem e vigilância; afinal de contas, ainda estava inseguro quanto a ser investigado. Embora o próprio Prestes tivesse sido libertado em 1945 e até sido eleito senador, o Partido estava novamente na ilegalidade; podiam ressurgir com alguma coisa, e o recente dossiê em que Tercílio Benone quase pusera as mãos mostrava que os serviços de arapongagem estavam ativos.

Apresentou-se no local e horário indicados. Era mesmo um consultório médico, mas, ao menos naquele momento, próximo do meio-dia, não havia pacientes, nem a secretária estava ali. Um sujeito moreno de bigode abriu a porta de uma das salas e fez um sinal para que entrasse. Senha e contrassenha foram trocadas:

– O lobo perde o pelo, mas não perde os dentes.

– O lobo só perde o pelo se perder os dentes.

– Camarada Günter Ewald Klimt, sou Maurício Grabois, do Comitê Central e, por enquanto, deputado federal cassado. É um prazer conhecê-lo.

"De fato, algo de muito importante está ocorrendo", pensou, "para um prestigiado membro do Comitê Central nacional, talvez a mais importante figura da organização partidária depois de Luís Carlos Prestes, chamar aqui para conversar pessoalmente". Por que não teriam feito as comunicações pelas vias normais da burocracia partidária?

Grabois era um homem prático e objetivo, e já foi explicando:

– O Comitê Central recebeu instruções diretamente de Moscou para mobilizarmos nosso melhor e mais bem localizado quadro em apoio a um agente que desempenhará uma intervenção de campo na cidade de Gaurama. Esse agente do MGB* soviético, antigo NKVD, já está situado e irá procurá-lo. Deves dar a ele irrestrita colaboração.

A coisa parecia cada vez mais séria. Um agente soviético? Naquela vila remota, distante milhares de quilômetros das zonas onde houve confronto bélico? Intervenção de campo?

Às evidentes dúvidas manifestadas pela expressão de espanto de Günter, Grabois deu de ombros.

– Não sei mais nada além do que te falei. Pessoalmente, apenas avalio que, pelo alto grau de sigilo e urgência determinado por Moscou, deve ser algo muito grave. Este assunto ficará, a partir de agora, apenas entre ti e o MGB, por seu agente. O Comitê Central sai disso; a partir de agora, não teremos qualquer envolvimento. Não deves mais sequer te reportar ao Partido sobre isso, a menos que o tal agente o determine. Deves seguir as ordens expressas dele *irrestritamente*, esse foi o comando.

Era isso. Apertaram-se as mãos, Günter disse da honra em conhecer o camarada, que saiu em seguida. Esperou ainda alguns minutos e também saiu, encostando a porta.

---

* MGB: Ministério da Segurança do Estado da Rússia, que posteriormente originou a KGB (Comissão para Segurança do Estado).

No trem noturno, retornando a Gaurama, matutava: "Esse agente soviético estaria já na cidade? Se sim, quem poderia ser o tal?". "Já está situado", dissera Grabois. O entendimento de Günter foi de que o homem já estava na cidade. Antes de conseguir adormecer embalado pelo sacolejo do vagão, fez uma lista mental dos habitantes de Gaurama que poderiam sê-lo.

Embora a ordem fosse aguardar, iria ao menos facilitar a aproximação, propiciando situações que viabilizassem o eventual contato. E por que cargas d'água a cidadezinha de Gaurama estava metida nisso?

XIV
QUEM PROCURA É ENCONTRADO

Apenas os pontos mais externos
das marcas da régua tocam
o objeto a ser medido.
Ludwig Wittgenstein,
Tractatus Logico-Philosophicus,
aforismo 2.15121

Embora a determinação fosse de aguardar o contato do agente do MGB, não havia nenhuma restrição ordenada no sentido de que Günter buscasse facilitar essa comunicação, se é que o camarada estava já na cidade. E, ademais, tinha enorme curiosidade em saber do que se tratava o assunto que mobilizara as relações internacionais do Partido.

Como grande conhecedor da sociedade local e seus integrantes, tinha já feito uma lista mental das pessoas que poderiam ser o sujeito. O critério principal dessa lista era o de estar na cidade há pouco tempo; imaginava que não seria alguém que morasse ali há mais de dois ou três anos. Ser estrangeiro e ter chegado do exterior recentemente parecia fazer parte da descrição, pensava Günter, já que o MGB também não demandaria ao Partido o contato com ele se seu quadro fosse já um brasileiro ou estrangeiro residente há muito; isso seria uma reiteração arriscada e desnecessária... Ou não?

O engenheiro da Viação Férrea que veio para manutenção e reforma dos viadutos do trecho entre Gaurama e Marcelino Ramos, um inglês afetado, sempre vestido com um terno impecável, que, alegando atividade recreativa, andava pela cidade e arredores fotografando tudo, era o primeiro da lista de Günter: tinha chegado há pouco, manifestava excessivo interesse pela cidade, dele apenas se sabia a nacionalidade.

Como tinha uma carga de farinha de mandioca para mandar para São Paulo e teria mesmo que ir à estação, Günter então esperou para ir em horário que sabia que *Mister* Feynman, o engenheiro inglês da ferrovia, estaria no escritório da estação. Deixou Chiquinho descarregando e despachando a mercadoria e, a pretexto de cumprimentar o chefe da estação, entrou nas dependências administrativas e trocou umas palavras com ele, enquanto olhava para o engenheiro, que, debruçado sobre uma planta estrutural, fazia cálculos e mal ergueu a cabeça num bom-dia inaudível.

O telégrafo começou a pipocar.

– Günter, me desculpe, o telegrafista ontem *atolou os bois* na zona da dona Bepa e hoje não apareceu; agora me toca cuidar também do telégrafo, já volto...

Aproveitando a saída do chefe da estação, Günter foi até a mesa do inglês.

– *Mister* Feynman, tudo certo? Sou Günter Klimt...

O homenzinho ergueu a cabeça meio contrariado e apertou molemente a mão estendida de Günter. Indagativamente, olhou o interlocutor de cima a baixo, analisando-o e esperando que ele dissesse o que o levara a falar consigo. Como Günter, um tanto atrapalhado, não falou nada, meneou a cabeça e perguntou:

– Em que *poder* ajudar, *Mister* Klimt?

Confuso, Günter inventou na hora:

– Temos o Clube Aliança. Se o senhor quiser, pode se associar, frequentar, ultimamente tem até uísque...

O engenheiro Feynman piscou estranhamente, movimentou levemente a cabeça e sorriu.

– Eu *ficar* muito agradecido, *Mister* Klimt, eu *ir* lá. Quando você *estar* lá, vamos beber juntos...

E ficou olhando. Günter, constrangido, sem saber o que fazer, sentindo-se um idiota, disse até logo e apenas estendeu a mão, que desta vez foi apertada de forma bem mais sugestiva e demorada pelo agora sorridente inglês.

Enquanto batia em retirada, passou voando pela salinha do telégrafo e abanou para o chefe ferroviário, que também acenou; conversariam outra hora. Com o rosto quente, Günter pensou: “Esse inglês pederasta se engraçou comigo!”. O engenheiro, decididamente, não era, e nem poderia ser, um agente internacional.

A próxima sondagem Günter fez aproveitando que Luizinho, um guri bicho do mato que não parava quieto e vivia zanzando pelos campos, matos e rios das redondezas de Gaurama, pegara um berne nas costas. Raquel tinha feito um unguento caseiro, e a dona Luzia o benzera e estava fazendo uma novena.

– Isso não adianta nada – afirmou Günter –, já está virando bicheira.

E oportunizou para levar o irrequieto filho ao médico novo.

Maximilian Kriptus era um estoniano que veio para Gaurama há pouco mais de um ano para ajudar o titular do hospital, que não estava mais dando conta de tanto serviço. Pouco se sabia sobre ele, dizia-se na cidade que tivera a mulher e os filhos mortos na guerra pelos alemães. Especulava-se sobre ser judeu, mas ele pagava dízimo e ia à missa. Taciturno, não frequentava os bares e clubes da cidade e não tinha amigos, embora fosse afável e educado. Quando não estava no hospital trabalhando, tinha sempre consigo seu belíssimo gato castrado, de uma pelagem preta e brilhante. Vivia em uma casa simples e pequena, perto da igreja.

Era um sujeito enigmático, o doutor Max Kriptus. Apesar da aparente fragilidade física, poderia bem ser o agente designado. E Günter ia oferecer a ele a possibilidade do contato, já que tinha mesmo que levar Luizinho para tratar aquela afecção nas costas, que estava ficando feia.

O médico examinou o menino e rapidamente fez algumas determinações à enfermeira, que saiu para providenciar; enquanto isso, foi conversando e sossegando a criança, distraindo-a habilmente. Dirigiu-se a Günter para explicar o procedimento:

– Senhor... – e esperou que Günter se identificasse.

– Günter Ewald Klimt, para servi-lo, doutor.

E ficou olhando se o seu nome provocava alguma alteração no outro. Nada! O médico anestesiou o local, limpou, tirou os bichos, aplicou um penso e pronto. Luizinho nem piou. O problema do menino estava resolvido, mas Max Kriptus estava descartado como agente soviético: não era ele.

Naquela noite, por acaso, encontrou o jovem advogado que vinha uma vez por semana para atendimento em Gaurama e tinha ido jantar no Clube Aliança. Quando doutor Nelson chamou Günter para sentar, beber e fumar, este teve um estalo: por que não pode ser, talvez, um brasileiro o agente do MGB? "Vai sair o contato", atentou. Mas não, o moço era apenas boa praça, estava querendo ser simpático, e a senha não veio.

Nos dias que se seguiram, ainda averiguou com vários outros estrangeiros recém-chegados. A leva imigratória tinha se encerrado, mas ainda se instalavam em Gaurama alguns esporádicos, sofridos de guerra, que agora vinham intermediados por familiares que já estavam morando por aqui.

Os chegados mais recentemente que agora viviam perto da cidade receberam a visita de Günter, que, pretextando fomentar o plantio de mandioca, fazia sua checagem. Sem êxito, todas as tentativas.

Na cidade restava ainda se aproximar do padre novo, e, para especular, ele iria confessar-se; Raquel já estava mesmo reclamando da sua desatenção com a igreja e o sacramento. Também faltava tentar com o relojoeiro austríaco que se estabelecera há pouco mais de quatro meses com uma oficina e lojinha na sala da frente da casa em que estavam morando ele e a esposa brasileira.

Mas, antes de tudo, era preciso resolver um problema de ordem familiar em relação à afilhada Danuta Nowak. Com dez anos completos, a menina teve as primeiras letras na vila de Princesa Isabel. Era esperta, aprendia rápido e tinha avidez por ler: lia todo o pouco que lhe passava na frente. As palavras difíceis eram anotadas para depois perguntar aos padrinhos.

Dadas essas características e interesse, Günter decidiu presenteá-la pagando seus estudos no colégio das irmãs. O problema é que Günter e Raquel não tiveram como alojá-la, porque, naquele momento, viviam amontoados com as crianças na casa de dona Luzia Dell'Agnoli. Então, no início do ano, Danuta veio para o internato de que o Colégio dispunha, com a promessa de que, assim que a família Klimt conseguisse ter sua própria casa, ela iria morar com eles.

Como Francesco tinha adquirido a fazenda em Passo Fundo e se mudado para lá, dona Luzia foi junto para ajudar o filho e a nora, ao menos por uns tempos. Com isso, vagou um quarto, e Danuta poderia ir morar com os padrinhos. Acontece que a madre diretora não queria deixar, alegando que isso se dava para que a menina se tornasse empregada doméstica da família Klimt.

Essa situação estava enfurecendo Günter, que queria tirar a história a limpo, e fora chamado ao Colégio para conversar. Subiu as escadarias da instituição pisando forte, prenunciando que ia estourar com aquelas freiras. Mas parece que as coisas não se resolveriam: a madre estava acamada há dias, quem estava respondendo pelo Colégio era outra religiosa, informou a noviça que o atendeu.

Mesmo assim, o irritado Günter foi encaminhado para a sala da direção, onde a irmã Cecília, que tinha o cargo com o pomposo nome de *coordenadora pedagógica*, o aguardava. A noviça retirou-se, fechando a porta silenciosamente atrás dele. Esta religiosa que ia atendê-lo era uma criatura pouco significativa, estava sempre colada à madre. Usava uma bengala e uns óculos de vidro grosso. Günter cumprimentou friamente:

– Irmã, quem sabe volto outro dia para tratar do assunto, quando a madre puder conversar...

– Não, senhor Klimt, resolvamos já. A menina Danuta quer muito ir para vossa casa, sei que tem relações afetivas com vossa família, ela gosta muito de vocês e sei que será ali muito bem tratada. Sei também que convosco não irá se tornar uma mera serviçal, como já aconteceu com outras internas que famílias locais bem posicionadas tiraram daqui para colocá-las em regime de semiescravidão. Ela irá convosco, ela já sabe disso, está muito contente.

Günter não estava entendendo essa reviravolta. Se já estava resolvido, então por que essas freiras malucas criaram caso?

– O lobo perde o pelo, mas não perde os dentes... – a senha foi dita com voz enérgica pela irmã Cecília, olhando fixamente para o interlocutor.

Só depois de ficar uns instantes de queixo caído, perplexo, quase decepcionado, Günter deu-se conta de avançar sua contrassenha e confirmar o contato:

– O lobo só perde o pelo se perder os dentes.

XV
AGENTE AGINDO

Em si mesma, uma proposição não é nem provável nem improvável. Um evento ocorre ou não ocorre, não há meio-termo.

Ludwig Wittgenstein,
Tractatus Logico-Philosophicus,
aforismo 5.153

Então não era *o* agente, mas *a* agente! Günter tinha visto várias vezes aquela freira velhota, alquebrada, claudicante sob o hábito e com óculos de fundo de garrafão, e não conseguia agora conceber que ela pudesse ser uma credenciada por Moscou para ter protagonismo.

Matutou que, então, não devia ser um caso de grande importância, alguém podia ter feito alguma confusão... Dado o suspense que o Partido aplicara à sua convocação a Porto Alegre, tinha ficado na expectativa de algo muito grande, e aí aparecia uma mulher! Esta freira manca! Certo que a guerra havia causado baixas significativas de bons quadros comunistas, mas o antigo *Komintern*, poderosíssima organização internacionalista, teria se degenerado a ponto de o movimento mundial depender de um serviço secreto que recrutava freirinhas?

Quando ia começar a falar, foi impedido e dominado por uma voz categórica e afirmativa, de pouco e indefinido sotaque:

– Senhor Klimt, apenas escute, faça perguntas depois, de acordo com suas eventuais dúvidas objetivas, certo?

Tomando a curta demora em responder como tácita concordância do confuso Günter, prosseguiu:

– Há um agente nazista disfarçado aqui em Gaurama. Esse agente tem consigo uma senha numérica e uma chave física que dão acesso, juntas, a uma conta de um banco da Suíça na qual foram depositados valores líquidos extorquidos dos Wittgenstein, dos Bleichröder e de outras famílias de ex-judeus ou judeus ricos. Esses valores foram destinados por Hitler para fomentar a reestruturação do nazismo, caso se configurasse, como de fato se configurou, a *Queda*. Minha missão é encontrar esse SS e tomar a senha e a chave, *a qualquer custo*. Os nazistas não podem pôr as mãos nessa fortuna.

Grifou com a voz as palavras *a qualquer custo*. Irmã Cecília andava pela sala enquanto falava, tinha abandonado a postura senil do disfarce, agora caminhava firme, ereta, sem a bengala e sem manquejar. Estava também sem os óculos grossos e revelava um rosto surpreendentemente jovem, forte, de uma grande beleza, mas de expressão séria e dura.

– O senhor foi recrutado em razão das limitações de meu disfarce. Se, por um lado, freiras são insuspeitas, por outro têm os movimentos muito restritos. Como freira, não posso sair à noite nem tenho como deambular livremente pela cidade para vigiar, investigar e agir. Assim, sob minha supervisão, o senhor vai informar-se e praticar ações que, neste momento, estou impedida de fazer.

Enquanto dizia isso, irmã Cecília analisava Günter Klimt. Tivera boas referências internas, que davam conta de um alto grau de comprometimento com a causa. Na cidade de Gaurama ele era reputado como um cidadão digno, honrado e respeitável, embora de pavio curto. Pelo respeito quase devocional que a menina Danuta e seus pais votavam ao padrinho e compadre, imaginava que fosse bondoso e de boa índole. Mas também tinha verificado que era um pequeno-burguês, esse militante. Qual seu limite de riscos? A que ponto colocaria os interesses da causa acima dos seus próprios?

– Uma fonte agora já perdida foi quem me trouxe ao norte do Rio Grande do Sul. Nossa última interceptação validada de informação foi do MI6* britânico, e, cruzando isso com nossos próprios dados, estabelecemos o grau entre *muito provável* e *certeza não absoluta* de que o *SS-Sturmbannfürer* Henrich Brentl Steiner esteja aqui em Gaurama. Nosso rastreio na Europa não conseguiu muitas informações sobre ele: apagaram seu passado. Sabemos apenas que tem estatura mediana e um defeito na perna direita, decorrente de um ferimento na Primeira Guerra, quando atuou como enfermeiro. Não obtivemos qualquer

* MI6: Military Inteligence Section 6, agência britânica de inteligência.

fotografia ou descrição mais detalhada. De qualquer forma, ele tem acesso a bons disfarces.

Günter estava entre perplexo e extasiado. Há dez minutos subia as escadarias pronto para estourar com as freiras que obstacularizavam que a afilhada passasse a morar em sua casa. No instante seguinte, isso estava resolvido e a freira desconjuntada apresentou-se como uma agente internacional, e o fato dessa agente ser mulher e religiosa o levou à conclusão prévia de que tudo não passava de algo de pouca importância. Em seguida a freirinha tomava a postura de uma Atena, poderosa, praticando sua guerra justa. E, por fim, isto: a informação de um perigoso nazista, detentor das chaves que dariam acesso a milhões em dinheiro e ouro, morando na vizinhança!

Respirou fundo, organizou as ideias e informações e tentou ser objetivo perante aquela generala de hábito. Ia usar o tratamento habitual de *camarada*, mas pensou que isso talvez fosse interpretado como um erro pela agente:

– Irmã Cecília, tenho duas perguntas. A primeira, de ordem prática, é se existem já indicações de quem é o nazista; a segunda, por curiosidade, qual o montante que está em disputa?

– Sabemos que o esquema Seyss-Inquart extorquiu somente da família Wittgenstein o equivalente a mil e setecentos quilos de ouro, mas há estimativas de que, contando quantias arrancadas de centenas de outras famílias ricas, judias ou com problemas de reclassificação racial, em todas as regiões que estiveram sob domínio alemão, o total se aproxime de três milhões de onças de ouro. Calculando pelo padrão dos acordos de Bretton Woods, que estabeleceu em U$ 35 a onça, são cerca de cento e cinco milhões de dólares*.

Günter tentou fazer mentalmente a conversão em libras esterlinas e em cruzeiros e ficou abismado com a quantia astronômica. Era, de fato, dinheiro para montar um país. Assobiou, recebendo um olhar frio da irmã Cecília.

– Quanto aos suspeitos, depois de considerar dois outros casos possíveis de ser o SS Henrich Steiner, consegui conferir as identificações e os excluí: constatei que um deles é soldado de baixa patente, um *Stabsgefreiter,* mero cabo da Wehrmacht que foi capturado no norte da África, passou os últimos dois anos da guerra em um campo de prisioneiros e veio aqui para a casa de parentes esquecer o passado; outro é um matador ucraniano que esteve a serviço dos nazistas e, depois, quando de nossa reação, passou a colaborar conosco. Ambos são ignóbeis, temem o inferno pelo que fizeram de mal e querem agora apenas se dedicar a plantar e colher. Se cometeram algum crime de guerra ou comum, e certamente o fizeram, não é o momento nem compete a nós apurar e julgar.

Günter, grande conhecedor da população local, logo deduziu quem eram esses dois referidos pela agente.

– Assim – continuou a irmã – conseguimos reduzir a três possibilidades: o padre Camorro, o relojoeiro Reinheinert e o médico Kriptus. Tanto o padre quanto o relojoeiro têm histórias pessoais cheias de lacunas e dados inverificáveis, algumas coisas contraditórias e que carecem de confirmação. Ambos têm algo a esconder. Já a história e

* Considerando a cotação do dia 08/10/2022 (R$ 8.938,85 ou U$ 1.720,00), são R$ 26.816.550.000,00 ou U$ 5.160.000.000,00.

identificação de Maximilian Kriptus são perfeitas, seus dados e sua linha de vida foram todos confirmados em campo na Estônia, de onde veio, inclusive checamos fotos... Porém... Por acaso ouvi uma conversa de uma turma de guris que falavam de alma penada e assombração e peguei a história de um menino que estuda no quarto ano, o Vitorino, contando que vira umas figuras de chapéu e capote saindo da casa do médico em uma madrugada em que se levantou para ir à privada. Pode ser fantasia de criança, também pode ser alguém que, acometido de algum mal noturno, tenha ido procurar o médico. Mas, para sanar a dúvida, resolvi que Max Kriptus merecerá uma melhor checagem, se viermos a descartar os outros dois.

– Imagino que, dado o valor, existem mais interessados em ficar com a chave, além dos nazis e nós...

– Obviamente. Os britânicos do MI6 estão muitos passos atrás de nós, eles sabem apenas que Henrich Steiner está em algum local do sul do Brasil com colônia alemã, mas não conseguiram precisar melhor, não dispõem das mesmas informações que temos. Já o movimento sionista, por sua vez, está ainda montando seus serviços de inteligência; querem fundar um Estado para eles, estão agindo nesse caso em conjunto com a CIA, o novo serviço secreto dos Estados Unidos. Sabem que existem esses valores e os querem como indenização de guerra e para ajudar a financiar a estruturação de seu novo Estado, mas parece que ainda detêm pouca informação.

A freira olhou para o relógio de pulso.

– Quanto ao que sobrou dos nazistas, eles estão apressados, mas não conseguem se unificar; os afiliados locais certamente têm a desconfiança e desprezo da parte de Steiner. E, de posse das chaves, terão dificuldades para movimentar valores tão grandes. Avaliamos, então, que Steiner está aguardando contatos e instruções, e entendemos que isso deve se dar brevemente.

Agora, sinalizando que a conversa estava no fim, pois logo ia tocar o sino do final da aula, irmã Cecília passou às instruções finais:

– Ao senhor caberá averiguar o relojoeiro Reinheinert e o médico Kriptus; o padre Camorro eu continuarei vigiando. Suas diligências deverão, na medida do possível, me serem comunicadas previamente, bem como, de imediato, o resultado delas.

Pegou uma pasta escolar de couro que estava em uma mesinha.

– Esta pasta vou dar a Danuta agora. Além de ela merecê-la... veja... aqui... há um compartimento secreto. O senhor deve verificar todos os dias, quando da chegada de Danuta em casa. Eu farei o mesmo aqui na escola – mostrou a Günter que, por trás do forro, havia um bolso interno que ficava invisível. – Se for necessário conversarmos pessoalmente, eu o convocarei, e nos encontraremos na frente da igreja, faremos de conta que conversamos casualmente sobre a construção.

O sinal tocou, a freira colocou os óculos, encurvou-se, pegou sua bengala, abriu a porta e saiu para buscar Danuta. Günter ficou imaginando que, ainda bem, casualmente a madre ficou acamada; não fosse isso e não teria sido possível o contato. Foi tomado por uma dúvida: teria sido casual o mal-estar da madre?

Danuta veio e correu em direção ao padrinho, feliz da vida; carregava uma sacolinha com seus parcos pertences.

– A bênção, *ojciec* Guinta...

Irmã Cecília presenteou Danuta com a pasta escolar, e os olhos da criança brilharam. Já na escadaria Günter ouviu da agente:

– Tenho absoluta confiança em vós, camarada. Não posso esperar senão dedicação integral, mormente em se tratando de um sobrinho-neto do camarada Wilhelm Wolff.

XVI
MÃOS À OBRA

A figuração lógica dos fatos é o pensamento.
Ludwig Wittgenstein,
Tractatus Logico-Philosophicus,
aforismo 3

Günter pôs mãos à obra imediatamente; havia reincorporado o espírito do militante criativo e pensante. Depois do almoço, pegou o relógio de parede de dona Luzia, abriu-o, deslocou aleatoriamente uma peça da engrenagem e levou para consertar com o relojoeiro Reinheinert, que tinha a oficina na sala da frente da própria casa.

Ele não estava; então, foi atendido por dona Camélia, a esposa, uma balzaquiana sorridente, atenciosa e parlante. O marido Sérgio tinha ido à agência do Banco Agrícola Mercantil e voltaria logo. Enquanto ela recebia o relógio para conserto, Günter percebeu um forte cheiro de vinho no ar e comentou que tinha algo queimando.

– *Dio Madonna*, o sagu... esqueci no fogão – e saiu para tentar salvar o doce.

Contemplado pelo acaso, Günter deu um passo para dentro do balcão e abriu cuidadosamente a gaveta da escrivaninha. O papel que estava por cima era um cartão de identidade, com a foto, mas o nome constando era de Camélia Benti, com endereço em Santa Maria. "Estranho", pensou, "então não são casados?". Voltou para a frente do balcão, imediatamente antes de dona Camélia retornar da cozinha.

– Grudou no fundo, mas vai dar pra aproveitar – disse ela, rindo de si, sobre o sagu cozido no vinho.

Günter usou o incidente para puxar conversa, falou que pretendia passar a produzir esse derivado da mandioca na atafona. Perguntou da adaptação à nova cidade. Enquanto a conversa girou sobre questões amenas e locais, vizinhança, o tempo, a lama das ruas, a moça ficou falante e alegre. Porém, às perguntas de onde vinham antes de Gaurama, se fazia tempo que o marido estava no Brasil, as respostas foram evasivas, evidentemente desconfortadas. Ela acabou dizendo que vinham de Santa Maria, mas parou de sorrir, fechou a cara, visivelmente queria despachar Günter. As perguntas tiveram o efeito de esfumaçar a simpatia da moça e nublaram seu humor.

Quando retornou às seis horas da tarde para pegar o relógio, enquanto pagava o conserto, tentou especular mais com o próprio Reinheinert. Perguntou de que região da Áustria ele vinha, há quanto tempo estava no Brasil, onde tinha familiares, elogiou o domínio do idioma, mas o homenzinho não deu conversa. Como não conseguia obter nada, arriscou:

– Tenho um amigo de sobrenome Benti, em Santa Maria. Quando falar com ele, vou perguntar, talvez conheça vocês...

Como se tivesse sido impelido por uma mola, o relojoeiro disse que o desculpasse, tinha que fechar, e despachou Günter. Evidentemente não queria dar mais conversa ao interlocutor.

"Bingo", pensou Günter, "achei o nazista, agora é só fazer o que é preciso". Queria avisar logo a irmã Cecília, mas lembrou que não havia como, só poderia fazer a comunicação na manhã seguinte, pela via do compartimento secreto na pasta de Danuta. Como não havia mais nada a fazer hoje, deixou o relógio no caminhão e foi tomar um *Schnaps* no Clube Aliança.

Assim que se encostou no balcão, entrou também no Clube o engenheiro da ferrovia, *Mister* Feynman, que foi direto ter com ele. "E essa, agora!", pensou Günter.

Atendendo ao novo padrão de consumo e diversificação dos associados, oriunda do progresso econômico local, a copa tinha variado suas ofertas. Günter quis pagar um uísque ao engenheiro, que aceitou o gesto amistoso.

Surpreendeu-se: o sujeito era bom de prosa e, ao menos ali, em meio a muitas pessoas, não mostrava a afetação de quando conversaram há alguns dias. Tinha uma apreciação geopolítica interessante sobre a ampliação do domínio dos Estados Unidos e do capitalismo sobre o mundo, substituindo a Inglaterra como potência global. Outras pessoas se agregaram à conversa.

– Senhores, enquanto o mundo tiver combustível para queimar, o capitalismo vai queimá-lo. Carvão, madeira, petróleo... E se conseguirem o controle da energia nuclear, isso vai mais longe ainda...

Günter não se preocupava muito com a queima da natureza, ela estava ali para isso, e era praticamente inesgotável. Mas contrapôs que, enquanto o capitalismo não se humanizasse e se tornasse mais distributivo, haveria sempre a possibilidade de se criar monstros como Hitler e Mussolini.

Ao falar sobre os ditadores derrotados e de sua monstruosidade de caráter, Günter o fez elevando a voz.

– Ainda bem que o mundo civilizado deu o seu recado – secundou o engenheiro.

– Mas cuidemos ao falar, *Mister* Feynman, que existem muitas *viúvas* de Hitler e Mussolini ao nosso redor que apoiavam as maldades desses genocidas. Por enquanto, *elas* estão apenas carpindo em silêncio... – Günter falou isso provocativamente, para ser ouvido pelos circunstantes, dos quais alguns, como Maximino Ghirardelli e o subdelegado Generino, tinham sido adeptos explícitos do nazifascismo e hoje sequer abriam a boca, acovardados e com medo de serem considerados *quinta-coluna*.

A provocação de Günter, dirigida a dois ou três que estavam ali pelo balcão, passou batida. A conversa voltou a se amenizar, migrou para o futebol: o homem era da pátria desse esporte, contou sobre clubes e equipes ingleses, elogiou a forma como se jogava no Brasil, com mais habilidade e menos impostação física.

– Essa é a tendência que vai se impor – disse.

Em seguida Günter se escusou e apertou a mão de todos, tinha que ir, o esperavam em casa para a janta. Deixou o engenheiro inglês como o centro das atenções. Para um estrangeiro de boa conversa, bem-vestido e que exercia um cargo importante, era fácil ser valorizado nestas plagas.

No quintal estava Danuta, que brincava com Luizinho e Lucinha.

– Padrinho, tem uma mulher chorando lá dentro.

Dentro de casa estava Raquel, consolando Camélia Reinheinert, desfeita em lágrimas. Ela pedia *pelamordedeus* que *seu* Günter não os denunciasse, os perdoasse. Então, abrindo o jogo, contou a história do casal.

Sérgio Reinheinert, aliás, Serge Henkvicius, conseguira sair da Áustria antes da anexação. O resto da família não quis vir, ele os sabia agora todos mortos em campos de concentração. Era pobre, mas tinha o ofício de relojoeiro, e, após muita fome e sofrimento, a colônia judaica de Porto Alegre ajudou-o a se colocar em Santa Maria. Como depois viria a fazer aqui, alugou uma casa e pôs a oficina na frente. O proprietário do imóvel era o marido de Camélia Benti, e moravam ao lado. Não tinham filhos, e a esterilidade da mulher vinha tendo como resposta agressões físicas pelo marido.

Puxou as mangas da blusa para cima, mostrando cicatrizes de facadas e marcas de queimaduras. Contou que o vizinho e locatário começou a se aproximar, inicialmente preocupado com os espancamentos e sevícias que vitimavam Camélia; em seguida, apaixonado. Logo resolveram fugir. Aproveitaram uma viagem do marido, carregaram apenas algumas roupas e as ferramentas de relojoeiro e tomaram o trem. Escolheram Gaurama aleatoriamente. O sobrenome Reinheinert, que estavam usando, foi ela que escolheu: vinha de uma lápide bonita que vira no cemitério de Santa Maria. Tinham muito medo que o marido legítimo viesse atrás deles; era um homem perigoso.

Quando Günter havia começado a fazer perguntas e falou em Santa Maria, entenderam que tinham sido ou logo seriam descobertos. Mas Camélia disse que preferia morrer a voltar para o marido legítimo; aliás, ele a mataria, ainda mais agora que... e passou a mão na barriga, indicando uma quase imperceptível gravidez. Desandou a chorar novamente.

– Íamos fugir de novo, pegar o trem da madrugada. Mas eu disse para o Sérgio: não vai dar para viver fugindo. O *seu* Klimt parece ser homem de bom coração, vou falar com ele – tinha decidido e agora o fazia.

"Então o relojoeiro não é o nosso homem", pensou Günter.

Sossegou a mulher, inventando que sua preocupação vinha da inconsistência na história deles, que o levou a desconfiar que pudessem ser ladrões ou golpistas; então, tinha especulado indevidamente. Desculpou-se, tudo tinha sido um mal-entendido. Não, não era informante da polícia, e não iria denunciar os dois. Que seguissem com sua vida e fossem felizes; inclusive, que contassem com o apoio dele e de Raquel, se precisassem. Teve que, várias vezes, reiterar a promessa de segredo, até que Camélia foi para casa, tranquilizada.

Raquel manifestou estranheza em relação ao comportamento do marido, não era do seu feitio xeretar, ao que ele justificou renovando a explicação de ter suspeitado que poderia se tratar de golpistas.

Ela ainda levantou uma contrariedade: a questão do pecado. Ora, Raquel era muito aferrada às regras religiosas; então, embora sensibilizada com a história daquela mulher, o fato é que ela tinha traído o marido legítimo e vivia com outro homem, aliás, judeu. Claro que não iria falar do ocorrido com ninguém, manteria segredo, mas aqueles dois viviam em pecado e discordava do marido por levar isso como normal. "Bobagem", foi a resposta lacônica que ouviu.

Günter escreveu *Não é o R, com certeza* num pedaço de papel e colocou no compartimento da pasta da afilhada.

Dois dias depois, veio um bilhete na pasta escolar: *Igreja, hoje, 4 da tarde*.

Günter chegou um pouco antes de irmã Cecília e postou-se na frente da construção da igreja, que já vinha com as paredes se erguendo sobre a imensa estrutura de pedras. Era comum aos habitantes do local se postarem nas proximidades da construção a fim de admirar o progresso da obra. Assim, uma freira e um paroquiano casualmente olhando e fazendo comentários sobre o templo não chamariam atenção alguma.

Fingindo com gestos que indicava alguns aspectos da nova igreja, Günter rapidamente relatou sua diligência e os motivos de excluir o relojoeiro do rol de suspeitos de ser o agente nazista. Irmã Cecília não quis detalhes, confiava no crivo do camarada Günter. E também foi concisa:

– Quanto ao padre, também deve ser excluído. Está aqui no Brasil porque deixou maus rastros nas duas paróquias italianas por onde passou. Como é sobrinho e irmão de hierarcas da igreja em Roma, calaram a boca das moças desonradas e acobertaram as aventuras do sacerdote, desde que ele emigrasse. Camorro é o nome da família da mãe, por isso o rastreio foi dificultado.

– Então resta o Kriptus... mas ele também não tem problema algum nas pernas...

– Talvez tenha havido uma informação deliberadamente falsa, plantada pela *Abwehr*, ainda quando esta existia... Vamos ter que entrar em sua casa e verificar.

Günter e a freira faziam o gestual como se ele estivesse explicando a posição das torres, dos vitrais, e traçavam linhas imaginárias.

– Mas como o faremos? Durante o dia seríamos vistos, e à noite ele está sempre em casa...

– Isso já está resolvido. Esta madrugada, exatamente a uma da manhã, ele vai ser chamado para atender a madre, que não está bem. Tem que ser hoje, para ser ele o médico a ser chamado, já que o outro está viajando e só deve voltar amanhã. Assim que ele sair, deves entrar na casa e investigar. Mas não creio que acharemos facilmente o que procuramos. Entendido?

Günter assentiu e se foi. Irmã Cecília ainda ficou alguns minutos ali, como se rezasse pelo bom desenvolvimento dos trabalhos de construção do templo.

XVII
DE ENCONTRO A BELZEBU

Tudo que pode ser em geral pensado
pode ser pensado claramente.
Tudo que se pode enunciar,
pode-se enunciar claramente.
Ludwig Wittgenstein,
Tractatus Logico-Philosophicus,
aforismo 4.116

As máquinas da atafona e do soque de erva-mate, movidas pela força da água do rio Suzana, conforme fosse a demanda da produção ficavam acionadas à noite; portanto, a saída de Günter no início da madrugada não mereceria maiores explicações. Enquanto estava saindo, lembrou o histórico do padre Camorro trazido por irmã Cecília e determinou uma imediata restrição patriarcal a Raquel:

– Tu nunca fiques sozinha perto desse padre, entendeu? Mesmo confessar, só vai lá quando tiver outras pessoas na igreja.

Raquel não sabia o motivo daquela vedação; mas iria seguir, sem questionar, o decreto marital. Então, virou para o lado e retomou o sono.

À meia noite e meia deixou o caminhão em uma estradinha lateral, que sabia desabitada e que dava acesso fácil à casa de Maximilian Kriptus. Protegido pela escuridão da noite nublada, voltou a pé e escondeu-se na sombra de um pinheiro do terreno baldio ao lado, observando e aguardando a saída do médico, que tinha certeza que aconteceria.

Pela forma de agir e pela impositividade categórica de irmã Cecília, ou como quer que se chamasse aquela mulher, rapidamente mudou sua ideia inicial a respeito da agente. Sim, era alguém capaz e confiável na ação, o pouco que viu lhe dava certeza. E certamente era uma camarada instruída e bem informada; deduzia isso ao menos pela menção que ela fez ao seu tio-bisavô Wilhelm Wolff.

O avô de Günter, Adam, sempre falava de *Lupus* como quem fala de uma lenda. Wilhelm Wolff, cognominado *Lupus*, era um professor, eloquente militante comunista alemão, que, perseguido por toda a Europa em razão de sua atividade política, decidiu emigrar para a América junto com seus irmãos. A família se reuniu em Manchester, para preparar a vinda, mas tio Wilhelm, animado por um emprego de professor que, finalmente, lhe seria proveitoso e pela demanda de sua militância política, desistiu de acompanhar a família à América, ficou de vir em outro momento. Parceiro leal de Engels e Marx, teve dedicado a si o primeiro volume de *O Capital*: "*Ao meu inesquecível amigo, o valente, leal e nobre lutador da vanguarda do proletariado, Wilhelm Wolff*", consta nas primeiras páginas da mais importante e decisiva obra de economia política já publicada.

Lupus era uma lenda familiar, e Günter crescera e se dedicara às leituras dos clássicos embalado pelas histórias, talvez um tanto exageradas, sobre seu tio distante. A agente tê-lo citado era sinal da importância daquela figura ancestral.

Estava ainda nessas divagações quando percebeu que alguém vinha pela rua deserta. Era uma freira do colégio, e, como previsto, foi bater na casa de Kriptus. Uma vez que foi despertado e assomou à porta, ele não levou mais que três minutos, e saíram em direção ao colégio das irmãs. Agora era entrar na casa e examinar o que fosse possível; e não poderia levar mais que vinte minutos, estimou.

Ia usar uma gazua na fechadura, mas não foi preciso: ao lado da porta havia um prego grande fincado, à guisa de claviculário. Kriptus deixava ali a chave da fechadura rústica. Günter abriu a porta, repôs as chaves no prego e entrou. Primeiro destrancou uma janela, para uma eventual retirada rápida, e, agilmente, com a ajuda de um isqueiro, estudou as peças da casa pequena, sua mobília e espartana guarnição. Abriu gavetas e o armário buscando papéis, livros, documentos, fotos. A busca foi rápida e minuciosa, porém sem êxito: nada encontrou.

Repentinamente, assustado pelo contato de algo em movimento, saltou, jogou-se para trás, uma coisa macia passava sob seu corpo: era o gatão preto de Kriptus, gordo e manso, que se esfregava em suas pernas. Riu de si mesmo, do susto que tinha levado. "Que cagaço", pensou. Em uma caixa, encontrou os documentos do estoniano, mas tudo estava conforme sua qualificação conhecida, nada que indicasse qualquer vínculo ou aproximação com grupos nazistas. Não havia fotos na casa, nem adornos, senão dois quadros baratos de temas religiosos e um terceiro com uma frase em latim bordada. Verificou os quadros e suas molduras. Provavelmente faziam parte da casa e tinham ficado quando da compra do imóvel. Nada havia ali.

Foi colocar a caixa de volta no guarda-roupa, junto aos sapatos, e aí um fio de gelo lhe percorreu a espinha: o pé direito de cada um dos dois pares de sapatos que estavam ali era especial, diferia do respectivo pé esquerdo. Além da dissimetria, tinham enchimento e elevação interna, evidentemente feitos para acomodar um pé e perna defeituosos e erguer a pisada evitando um claudicar pronunciado.

Sim, agora não havia dúvidas, o médico Maximilian Kriptus era o *SS-Sturmbannfürer* Henrich Brentl Steiner. O defeito na perna era disfarçado pelo calçado especial.

O isqueiro de querosene já lhe queimava a mão, e a escuridão que sobreveio ao apagar da chama confundiu-se com o negror da pancada que levou na cabeça, desferida com uma pesada marreta de mão. Desmaiou sangrando.

***

A dor aguda na cabeça e a sensação de afogamento foram, aos poucos, despertando Günter. Era agoniante, estava vendado, amordaçado e maneado; tentou gritar, mas, além da mordaça, havia uma bola de pano que o sufocava e engulhava. Levou algum tempo para se lembrar do que é que fazia naquele local, como é que tinha ido parar ali, naquela situação. "Quanto tempo se passou? Eu não perdi o horário, não tinham se passado nem dez minutos", pensou, dando-se conta de que tinha caído nas mãos de um nazista criminoso de guerra, que agora não ia ter escrúpulo algum em matá-lo. "É o fim", desesperou-se, enquanto tentava respirar.

Ouviu o barulho de água ao lado da cabeça, talvez fosse um balde, o som era de um pano molhado, escorrendo. A toalha encharcada foi enrolada em sua cabeça. Mais sufocação, desespero, afogamento. Todo maneado, o pouco que conseguia se debater apertava mais ainda as cordas da amarração. A toalha foi retirada por alguns segundos, molhada novamente e o processo se repetiu quatro ou cinco vezes.

Maximilian Kriptus, aliás, Henrich Steiner, tinha muitas dúvidas, então parou um pouco para pensar. Era um excelente disfarce, esse de médico, aquilo que sabia de enfermagem servia para enganar esses colonos: socava placebo neles e ainda saíam falando bem. Não tinha deixado qualquer rabo para trás. Porém, mesmo assim, tinha sido descoberto. Agora precisava saber algumas coisas para garantir uma fuga segura e a tranquila substituição de identidade em outro lugar do mundo.

Para isso, tinha que ganhar algum tempo. Não sabia para onde poderia ir, nem a quem recorrer ou confiar. A derrota tinha sido completa, aparentemente toda a liderança do Partido estava morta e as vias de comunicação com outros eventuais sobreviventes restaram destruídas. Os contatos que conseguira obter com grupos locais não confirmavam qualquer coordenação.

A destruição do movimento fora pior do que inicialmente tinha constatado. Praticamente toda a cúpula estava morta ou presa. Os que sobraram eram de escalões intermediários, como ele próprio, mas isolados, esparsos, incontatáveis. Embora a instrução de Hitler e Seyss-Inquart fosse aguardar contato, estava já em vias de concluir que isso não aconteceria, em razão da eliminação completa dos que estavam acima dele. “Tocará a mim a incumbência? Serei eu o *Führer*?”, era o pensamento delirante e prazenteiro que vinha lhe adulando o espírito.

Tinha começado, então, a ser proativo, arregimentando remanescentes do grupo nazista que houvera em Marcelino Ramos. Mas eram muito pouco qualificados esses condiscípulos teuto-brasileiros, tinha pouca confiança neles, eram pouco inteligentes, até um com tez morena havia! Fazer o quê? Era do que podia dispor... Como temia morrer subitamente, por causas naturais ou por ser descoberto, achou prudente revelar, ao menos em parte, o segredo ao líder informal daquele grupo.

E agora essa! Sim, tinha sido descoberto, mas por quem? Para quem o bosta desse Günter trabalha? O serviço secreto britânico estava perdido, sabia que seu agente era aquele maricas da ferrovia, vivia zanzando de trem entre Passo Fundo e Marcelino Ramos, não tinham pistas. Já os judeus mal conseguiam se suster; na verdade, mais um ano ou dois e teríamos limpado o mundo. Talvez os Estados Unidos tenham entrado no negócio... Ou os comunistas... Seria este porcaria, um dos chefetes capitalistas da cidade, um comunista? Outra pergunta a ser respondida era: havia mais alguém agindo junto com este aqui? Bem, quaisquer que sejam as respostas possíveis, estas terão que ser arrancadas agora, já. O corpo, depois, irá para o poço negro, tem lugar de sobra lá.

Tirou a venda de Günter, a quem mesmo a claridade mortiça e bruxuleante das velas cegou momentaneamente. O olhar apavorado da presa e a condição de dominador absoluto causaram em Steiner uma sensação de poder e prazer sensual que há muito não sentia. Colocou o pano encharcado novamente sobre o nariz e boca de Günter.

– Vou perguntar somente uma vez, e tu vais me responder. Se não me satisfizer a tua resposta, vou logo ali na rua para baixo da igreja buscar um menininho, uma menininha, ou uma senhorinha bonita. Olha bem, falar tu vais, de qualquer jeito... Então quem sabe tu encurtas as coisas e preservas a ti e aos teus de muita dor?

A menção à família desesperou Günter ainda mais. Estrebuchou e forçou, mas estava atado de forma eficiente, só apertou as cordas, que agravaram as feridas.

– Presta atenção: vou tirar esta mordaça agora e vou trocar dor por informação. Se gritares ou não vier informação boa, vais sentir muita dor, e em seguida vou buscar um dos teus queridos para estripar aqui na tua frente. Compreendido?

Günter assentiu como pôde. A retirada da mordaça parou com a sufocação ao menos. Assim como o criminoso nazista, Günter também precisava ganhar tempo.

– Escuta, Kriptus, apenas desconfiei que tu pudesses ser algum bandido, ou até um criminoso foragido, agora já sei que não és nada disso. Me soltes, e acabou, já vi teus documentos, está tudo certo...

Kriptus deduziu que não obteria informações facilmente. Então, primeiro a mordaça, depois a toalha encharcada, agora dobrada em dois, foram recolocadas no rosto de Günter. O sopro da tentativa de respirar sob a toalha cheia d'água sobre a fronte era apavorante, mas Steiner gostava disso, desse resfolegar agoniante, sentia seu poder, cada vez maior. A humilhação, o esmagamento, a anulação do outro eram para ele a essência da vida. Majdanek, Auschwitz-Birkenau, Treblinka, Bernburg, Mauthausen: templos da celebração da força magna da dominação incondicional, da dolorificação excruciante, do terror dos fracos... Essa era a natureza, a força dela canalizada. Ou achavam, esses ridículos desses intelectuais, que algo poderia superar as leis eternas que punham um ser a devorar o outro, tendo nisso o prazer para além da satisfação da fome? Piedade, altruísmo, isso era o outro extremo, coisa sem graça, piegas, de fracos. Pleno e perfeito prazer é somente quando um ser sobrepuja, domina e esmaga o outro; comer a presa é secundário... Eis o prazer do caçador e pescador que agem por recreação, do gato que brinca com o rato, do torturador lúdico: não se trata de satisfação da fome...

Enfiou um dente de garfo sob uma unha de Günter, que resfolegou de dor, fazendo espumar o pano encharcado que lhe cobria o rosto.

Demócrito, Aristóteles, Jesus, Francisco de Assis, Morus, Voltaire, Rousseau, Kant, Marx, Einstein: moralistas de uma figa, utopistas inconsequentes, amigos dos fracos, querem contemplar o servo, o órfão, a viúva, o aleijado, o ancião. Ora, a lei da natureza manda que os fracos sofram e morram e que os fortes sobrevivam e se regozijem... Abaixo Atenas, com sua filosofia e política do anódino! Também, e sobretudo, abaixo Esparta, para quem a dor só serve à praticidade e à sobrevivência. Não! *Para nós superiores, arianos, dor significa puro e simples prazer por vencer, por sobrepujar, e não pelos eventuais resultados.* Trata-se do puro prazer sádico, é supremacia de quem esmaga, de quem mata por diletantismo, comer a caça é só detalhe...

E mesmo que se tratasse de abater somente para a satisfação das necessidades básicas, esses comunistas vão ao outro extremo e esperam que o leão abra mão da corça, o leopardo do antílope, ou o lobo alfa de liderar a matilha, fazendo-o por altruísmo racionalista ou por bondade cristã!

Tirando a toalha que cobria a cabeça de Günter, encarou-o bem de perto, olho no olho, impondo-lhe o hálito fedido. O ódio em torturar, em oprimir, isso existia, mas nesse momento estava sublimado. O que preponderava era apenas o olhar prazeroso do vencedor sobre o vencido que sofre.

– Eu te disse que ou falavas, ou eu iria sacrificar um dos teus. Agora vou buscar quem? A menorzinha? O Luizinho? Ou a tua Afroditezinha colonial? Sabes, pensando melhor, trarei todos, um a um, e a cada um mostrarei primeiro, antes de matar, o quão fraco tu és, e, por último, talvez te deixe vivo, espreitando para o resto de teus dias o erro de teu mentiroso, artificial e pretenso altruísmo humanista...

Ergueu-se, capengando, olhou Günter se torcer todo, tentando gritar mas emitindo apenas sons abafados. Encaminhou-se: ia buscar primeiro a mãe, depois as crianças, antevia o ápice do prazer... Aí reteve o passo, um marimbondo, talvez, o picou no pescoço, deu-se um tapa no local da picada... Mas marimbondos à noite?

O pescoço ficou rígido quase instantaneamente, o braço direito em seguida. Logo tentou mover o braço esquerdo em direção à Luger da cintura, não conseguiu, e o próximo passo o levou a cair inerte.

Irmã Cecília abriu a porta, largou a zarabatana na mesa, aproximou-se de Günter e começou a soltar as cordas. Ele tremia, chorava, estava entrando em estado de choque. Alguns chacoalhões e uns pequenos bofetes no rosto o trouxeram mais calmo.

– *Putalamerda*, como deixou o sujeito voltar tão cedo?

– O outro médico adiantou o retorno da viagem e, bem na hora que estava chegando, uma das irmãs o viu e o chamou. Quando Kriptus, ou melhor, Steiner, chegou no colégio, a madre já estava sendo atendida e ele veio embora. Assim que deu, vim atrás.

– Assim que deu? E esperou o quê? Terminar o chá? – Günter protestou, sem resposta.

Foram olhar o nazista caído, imóvel, olhos arregalados.

– Ele está morto?

– Não, apenas paralisado, por enquanto. Trata-se de veneno de um sapo amazônico, o ponta-de-flecha. É um dendrobata cuja dose do veneno, a batracotoxina, é dez vezes mais poderosa que a mesma porção de curare. O veneno de um desses sapos pode matar até dez pessoas. A quantia que usei na agulha do microdardo é ínfima, não vai matá-lo imediatamente... Ele está vendo e ouvindo tudo, mas seus músculos não agem.

– E o que faremos agora?

– Kriptus vai morrer em alguns minutos, deixe despedir-me.

Irmã Cecília caminhou em direção ao SS, que tinha os olhos arregalados, fixos, com expressão agora mais assustada do que má. Irmã Cecília ajoelhou-se ao lado dele e falou baixinho:

– Olá, major Steiner. Lembra-se de mim? Sou Clara Ângst, passei por suas mãos em Bernburg... Talvez não te lembres de mim, fomos tantas a receber as tuas atenções... Bom vê-lo agora, nessa circunstância. Vais morrer, e sei que a ação da neurotoxina, antes de te matar por falência cardíaca, está já te proporcionando dor, muita dor...

Steiner emitiu um som quase imperceptível, logo iria começar a fibrilar e morrer.

– Nem queria que morresses, ainda precisamos de ti... E teu sofrimento nem me interessa, é miséria perto do tanto de dor que pessoalmente causaste a tantos... Bem o sei... não há sofrimento que te possa ser infligido que vá quitar toda a tua dívida pelo mal que causaste diretamente... Meu consolo é que morres fracassado, sem mérito, frustrada tua missão: se não encontrarmos e tomarmos para nós essas chaves, também já é certo que não irão para as mãos de remanescentes nazistas.

Do fundo dos olhos arregalados de Steiner ainda brotou a expressão do ódio carnal, visceral, intrínseco, que o movia e que o fez psicologicamente sádico e adepto da concepção mais extremista de direita, nazista na prática, fascista em essência. Então o veneno do sapinho ponta-de-flecha terminou de agir, necrosando ainda mais células ventriculares, o coração fibrilou e Kriptus morreu.

Clara Ângst ergueu-se; não parecia abalada.

– Tu estás todo sangrado. Deixe ver...

Olhou a cabeça de Günter.

– Nada que três ou quatro pontos não resolvam, já estancou – disse, minimizando o ferimento, a dor e a zonzeira decorrentes da pancada.

– Procuraste?

– Procurei... E nada! Talvez de dia, com calma e claridade maior, encontremos em uma fresta, um nó de madeira, ou em algum lugar do lote. O problema maior, agora, é o que fazer com este demônio.

– Não te preocupes, será visto como síncope cardíaca. A seta da minha zarabatana é muito fina, deixa pouco mais que um sinal de picada de inseto. Amanhã não aparecerá no hospital, virão procurá-lo e constatarão que foi um infarto. Não teremos problemas por aí, não serão muitas as perguntas. Agora, vamos dar mais uma olhada, enquanto podemos. Já são quatro horas, daqui a pouco a cidade começa a acordar, logo vamos ter que sumir. Se nada conseguirmos, amanhã veremos o que fazer.

Ambos fizeram busca, agora um tanto mais cuidadosa que aquela antes realizada por Günter. Deram atenção especial ao cadáver, nas roupas e no corpo, inclusive examinaram a possibilidade de um canudo retal, valendo-se de uma chaira e um pouco de banha. Novamente sem resultados. Tinham que sair da casa, então limparam do chão as manchas do sangue de Günter, sumiram com a Luger, organizaram as coisas, deram uma última revisada e saíram, cada um para seu lado.

XVIII
A SENHA

O objeto é simples.
Ludwig Wittgenstein,
Tractatus Logico-Philosophicus,
aforismo 2.02

Pois deu-se exatamente como Clara Ângst previra. A ausência do falso médico foi notada, havia pacientes esperando, então a madre do hospital mandou verificar, e Kriptus foi encontrado morto no chão de sua casa. Devia ter sofrido um ataque cardíaco quando retornou do chamado em que fora atender a madre do colégio. *Coitado, era um excelente médico*, diziam as pessoas da cidade.

Kriptus era sozinho, não tinha parentes, sempre dizia que tinha perdido toda a sua família. Embora benquisto por sua clientela, não tinha amigos na cidade. Assim, o velório, na própria casa, foi encaminhado pelas irmãs do hospital e por seu colega, o outro médico da cidade, e o enterro foi marcado para a manhã seguinte àquela em que o corpo foi encontrado. Velórios sempre foram um fato social considerável em Gaurama, e, a despeito das parcas relações do médico, o evento foi concorrido.

Um detalhe, no entanto, tinha que ser resolvido, e essa questão surgiu logo que a notícia da morte correu a cidade. Trazida por Walter Klimt, o irmão de Günter que era tabelião de Gaurama, veio a informação de que Maximilian Kriptus tinha feito um testamento público, deixando todo o seu patrimônio para a construção do novo hospital. Se a mobília da casa era espartana, quase paupérrima, o imóvel e o saldo em conta no Banco Agrícola Mercantil eram de se considerar; iriam ajudar bastante no financiamento da obra. Havia um porém: para se confirmar essa execução testamentária e o razoável valor ser apropriado para o novo hospital, a exigência do falecido era que seu querido gato fosse enterrado junto consigo.

Mesmo em uma sociedade que interpretava os animais e a natureza como meras serventias humanas, isso soava a alguns como crueldade. *Para que matar o pobre animal?*, perguntavam. *O que é que o bichano tem com isso?*

Em consulta ao tabelião Walter Klimt sobre as consequências de não se cumprir a condição de Kriptus, ele informou que algum interessado, o poder público municipal, por exemplo, poderia questionar a destinação dos bens em razão do não cumprimento de uma cláusula testamentária e a herança ficar jacente, para depois a própria municipalidade reivindicá-la.

Quando chegou a hora de fechar o caixão, como ninguém se decidia, Maximino Ghirardelli, que fazia parte da comissão de arrecadação para o novo hospital, mandou o menino Vitorino pegar o gato, que miava embaixo da casa.

O guri, que não sabia nada sobre o testamento e as condições, trouxe o gato. Maximino colocou o bicho num saco de aniagem, sacou do revólver, ergueu o saco contra a janela aberta e atirou nele. O tiro ceifou as sete vidas do pobre gato, que morreu na hora, para desespero de Vitorino, pois o guri gostava do bichano e tinha pretendido ficar com ele. Maximino enrolou o saco com o gato morto dentro e colocou junto ao outro cadáver.

– Está feito. Não vamos esperar para perder um valor importante para o município de Erechim – disse Maximino Ghirardelli, jactando-se de ter sido ele a resolver a questão. E arrematou: – Comigo é assim.

Logo após o enterro, como era preciso alguém para proceder ao arrolamento dos bens e providenciar sua destinação conforme a estipulação testamentária, a comissão para a construção do hospital indicou Maximino Ghirardelli para esse serviço. Ele esquivou-se, afirmando que *já tinha feito demais*. Outros também recusaram.

Günter, com curativos na cabeça e na mão explicados em razão de um *tombo no carijo de erva*, fingiu recusar o encargo, mas, por fim, declarou que aceitava.

– Vá lá, deixem que eu faço – disse, sob a condição de que a entidade beneficiada deveria indicar uma das irmãs para ir recebendo as coisas, dando destino, e se houvesse algo para doação a terceiros, já encaminhar.

Günter sabia que as irmãs do hospital estavam assoberbadas de serviço; as do colégio, ao contrário, estavam entrando em férias escolares. O artifício preparava a situação para que irmã Cecília pudesse ser designada à tarefa, e assim passariam um pente-fino na casa e no terreno de Kriptus.

Isso teria que acontecer logo, pois aqueles homens encapotados, que o menino tinha observado, provavelmente eram nazistas que estavam realizando aproximação com Steiner, e, se tinham alguma informação sobre a conta secreta, viriam procurar as chaves assim que soubessem da morte do SS. Porém, como era praticamente certo que ele agia sozinho em Gaurama, esses eventuais asseclas nazistas, não sendo moradores do local, dificilmente saberiam de sua morte tão logo, e isso dava margem de tempo para Günter e irmã Cecília buscarem com alguma calma.

Günter marcou para fazer o arrolamento dos bens dois dias após o sepultamento. Exatamente como tinha previsto, quem compareceu foi irmã Cecília, por delegação da madre do hospital. Então, enquanto listavam os itens, um a um, os examinavam minuciosamente e separavam para serem carregados e transferidos a um galpão atrás do hospital.

Não iria demorar muito; talvez em algumas horas o arrolamento e a busca se encerrassem. Günter reparou novamente que, quando deixava de lado o disfarce e sua interpretação de irmã religiosa de meia-idade, com hábito e véu pesados, renga, de bengala e de grossos óculos, Clara Ângst revelava-se uma mulher de rosto belíssimo. Não que essa percepção levasse Günter a pensamentos inconvenientes; o apego que tinha à lealdade relacional com Raquel jamais permitiria que cogitasse infidelidade, mas ficou curioso acerca da moça. Como a tinha ouvido dizer seu nome e que tinha passado por Bernburg, puxou conversa, enquanto revistavam frestas e frisos do armário de Kriptus:

– Tu chegaste a conhecer a camarada Olga Benário?

Clara Ângst estaqueou, pareceu constranger-se. Ia admoestar o camarada, ele que mantivesse a concentração, mas quis falar. Sem encará-lo, contou:

– Sim. Foi uma de minhas melhores amigas. Devo dizer que, em parte, sobrevivi por causa dela...

Ia parar por aí, mas, estranhamente até para si mesma, Clara quis continuar. E recordou muitas coisas, derramou histórias que nunca tinha contado: de como passavam fome e frio. Das sevícias e torturas. Que, às vezes, as torturas sequer objetivavam informação, eram apenas para divertimento dos SS. Falou da sujeira, das pulgas, dos piolhos. Disse do pavor dos cães ferozes, do medo do banho de ácido, da cadeira elétrica, dos experimentos...

E havia a crueldade cotidiana dos guardas, cujo desprezo por elas se traduzia em espancamentos e humilhações. Piores eram os oficiais, cujos requintes de sadismo e maldade surpreenderiam qualquer ser humano são. Enfim, falou sobre como a câmara de gás chegava, muitas vezes, a ser desejável.

Mas contou também como as companheiras de sofrimento se protegiam, faziam reuniões de avaliação, de célula, e como viu surgirem amigas perfeitas, que se consolavam, dividiam a pouca comida e contavam da saudade e da esperança em virem a reencontrar pais, filhos ou companheiros... E como as via sucumbirem, entre estas a querida Olga Benário, que sempre chorava baixinho pela filha pequena, Anita Leocádia.

Narrou sua fuga. Tendo percebido que a libertação era uma vaga e distante esperança, aproveitou-se da desorganização da contagem de prisioneiros durante uma tempestade e de um espaço entre a cerca de arame farpado e o fundo de uma vala de excrementos. Quando percebeu que aquela noite viria com um temporal, resolveu arriscar: burlou a contagem, escondeu-se e, quando iniciou a chuva e o vento, esgueirou-se por dentro da valeta de imundície.

A pobre mulher, embora forte, levou a mão ao rosto e encostou a face no ombro de Günter, que acolheu e abraçou a camarada, enquanto ela chorava copiosamente. Essa sublime e fraternal proximidade, no entanto, logo acabou. Tinham uma missão a concluir.

Encaminhava-se para o fim o rol de bens e sua retirada. A verificação foi feita também pelo terreno, na parte debaixo da casa, e Günter subiu até no forro. Cada centímetro foi vasculhado. Os quadros pequenos, que ele, embora já os tendo examinado, intuía e insistia que poderiam ser o esconderijo, foram novamente submetidos a criterioso olhar. Dois eram desenhos impressos de estações da via-sacra: um reproduzia a terceira estação, com a primeira queda e Jesus sendo açoitado; outro era a décima primeira, com a crucificação. Günter pensou que, dado o evidente histórico de sadismo que Steiner revelava para além da inerência com sua opção política, deviam mesmo ter sido escolha dele, pela dor que representavam. Havia também um quadrinho que era um bordado grosseiro – este sim devia ter vindo a ele com a casa –, com um escrito em latim, *Simplex sigillum veri*.

Com toda essa atenta varredura, diagnosticaram que não estavam ali a senha e a chave. Enquanto, frustrados, iam encerrando suas atividades, apareceu Vitorino, cuja família era moradora de uma casa próxima e veio ter com a professora. O guri nem atentou que ela estava sem a bengala e sem os óculos de vidro grosso. Narrou o acontecido do gato em tom de protesto:

– Eu gostava muito do Luki, coitadinho...

Irmã Cecília instantaneamente apertou o braço de Günter e dirigiu-se ao menino:

– Vitorino, como era o nome do gato?

– Luki, professora. Pequeno Luki, era como o doutor Max o chamava...

Günter não entendia o que havia despertado a atenção de irmã Cecília. Ela explicou excitada:

– Pequeno Luki, ou *Klein* Luki, em alemão, era o apelido doméstico de Ludwig Wittgenstein!

Dirigindo-se a Vitorino, demandou:

– Luki tinha alguma coleira?

– Sim, tinha uma coleira com uma medalhinha com uns números. O Max disse que era um gato de raça, e aquele era o número de registro dele.

IXX
KLEIN LUKI

O processo de indução consiste
em adotarmos a lei mais simples que se possa
pôr em consonância com nossas experiências.
Ludwig Wittgenstein,
Tractatus Logico-Philosophicus,
aforismo 6.363

Munido de pá e picareta, Günter, com roupas escuras, saiu dos trilhos e escalou o corte na rocha, para entrar por trás do cemitério. Embora o adiantado da hora, preferiu não entrar pela frente, já que o campo santo ficava entre o colégio das irmãs e o hospital, não longe do Clube Aliança. Esta noite estava acontecendo uma festa de casamento, e ele quis evitar ser avistado por algum convidado daqueles que costumam ficar até depois do fim da festa.

Era preciso abrir a sepultura de Kriptus e pegar a coleira do pescoço do infeliz gato que tinha sido enterrado junto com o pseudomédico. E era preciso fazer isso agora, já. Quando, pela manhã, Clara Ângst, ou irmã Cecília, tinha descoberto que o nome do gato era o apelido de infância do famoso filósofo Ludwig Wittgenstein, e que o bichano tinha sido enterrado com a coleira numerada, ficou certo que teriam que fazer uma exumação privada.

E quanto antes, melhor, pois, ao chegar em casa e abrir o *Correio do Povo* sobre a mesa, depois de ler e virar duas ou três folhas, sua atenção foi chamada pelo *obituário e convite para missa de sétimo dia de Maximilian Kriptus*, que fora mandado publicar pelo médico-residente e pela congregação das irmãs do hospital. Pois bem, estava ali o aviso para que os correligionários secretos de Kriptus, aliás, Steiner, viessem buscar o que ele escondia. Logo, era preciso agir imediatamente, já que, embora sem a certeza de que esses nazistas existiam, eles poderiam estar próximos, em Erechim ou talvez em Marcelino Ramos, localidade a cerca de quarenta quilômetros, que tivera recentemente um forte e organizado movimento nazista.

Com as férias escolares, Boleslaw e Annika Nowak vieram buscar Danuta, que ficaria um mês inteiro na casa dos pais; então, Günter não pôde usar o expediente da afilhada como correio. Assim, mandou Chiquinho com uma via do arrolamento dos bens para a irmã Cecília assinar, recortou o obituário do falso médico e juntou com um grampo à papelada. No obituário escreveu apenas a palavra *hoje*.

A terra recém-jogada sobre o caixão de madeira estava ainda fofa; nem foi preciso usar a picareta. Trabalhou vigorosamente, e não demorou para o ruído oco da pá batendo na tampa do caixão mostrar que havia alcançado o objetivo. Limpou a terra e, com a picareta, despregou a tampa. O fedor adocicado quase o fez vomitar, ia já para cinco dias que o cadáver estava se putrefazendo. Pegou o saco com o gato, puxou para fora do ataúde, afastou-se do cheiro forte e desensacou o felino. Estava lá a coleira. Tentou tirar; não conseguiu, não tinha fivela. Ia ter que arrebentar, mas a coleira e a chapa de metal resistiam. "Merda, devia ter trazido um alicate", pensou.

Enfiou a ponta da parte estreita da picareta por entre o pescoço e a coleira do gato, criando um anteparo para poder golpear e rompê-la. Quando ia bater com a pá, ouviu o som de um tapa, atirou-se ao chão e logo ouviu um corpo caindo. Olhou para a origem dos sons e viu um homem caído, com um revólver ainda na mão, e irmã Cecília vindo, com sua zarabatana.

– Está aí? – perguntou ela ansiosa, referindo-se à senha, e sem atentar para o nervosismo de Günter, que, pela segunda vez em quatro dias, escapava de morrer.

– Acho que sim, mas não consigo tirar do pescoço do bicho, é de aço, vou ter que martelar ou buscar um alicate.

Clara Ângst pegou a pá e, sem mais, deu um golpe seco e forte com a lâmina, reto de cima para baixo, no pescoço do pobre bicho morto, decepando-lhe a cabeça e liberando a coleira. Na pouca luminosidade, não conseguiam ler a inscrição da plaqueta. Embora o perigo de chamar atenção, Günter bateu o isqueiro e conseguiram ler:

5.4541

– Esta certamente é a senha, agora precisamos da chave. Veja se tem mais algo na coleira...

– Nada.

Enquanto conjecturavam e reviravam a coleira com a senha, o homem alvejado com a seta envenenada estertorou. A batracotoxina acabava de eliminar mais um nazista.

– Amanhã veremos, agora precisamos limpar esta bagunça.

– Que faremos com o nazista? Não cabe mais um nesta cova.

Günter pensou e resolveu:

– Apenas me consiga uma garrafa ou garrafão vazio. Enquanto isso, vou pôr o gato de volta, fechar e recobrir o caixão.

Irmã Cecília saiu em direção aos fundos do colégio das irmãs e logo retornou com um garrafão de vidro, desses de cinco litros, vazio. Com a picareta, ajudou a puxar a terra para a sepultura.

Repentinamente, ela parou com o que fazia.

– Escute, esse número... não sei ao certo, mas... Ludwig Wittgenstein escreveu o *Tractatus Logico-Philosophicus* por aforismos, numerados de acordo com seu valor lógico. São sentenças declarativas, e o número de cada aforismo diz de seu lugar na escala hierárquica da obra. Onde poderíamos obter um exemplar desse livro?

Günter pensou.

– Só vamos achar em Porto Alegre, e mesmo assim em alguma biblioteca muito específica. Eu sei quem tem um exemplar, mas vou ter que telegrafar para pedir por empréstimo...

– Trata-se de um camarada?

– Não, somente alguém que me abrigou, por poucos dias, enquanto eu estava fugido da polícia do Getúlio. Vi o livro, em alemão, na biblioteca dele.

– Então telegrafe e peça-o por empréstimo... E agora, o que faremos com este outro nazista morto?

– Deixe comigo. Vou colocar o corpo sobre os trilhos, com o garrafão ao lado. A maria-fumaça, logo mais, vai fazer o serviço: será visto como um andarilho bêbado que dormiu ou que quis se suicidar...

No dia seguinte, pela manhã, telegrafou ao conhecido que o tinha abrigado por alguns dias, quando a polícia getulista o procurava em Porto Alegre. Este, por quem Günter nutria grande respeito não somente pela ajuda arriscada que lhe dera, mas pelo talento com as letras, era pessoa de grande erudição. Diretor de revista literária e de editora, escritor de nomeada, proporcionou sua agradável e honrosa conversação ao rapaz que ficara acoitado em sua casa por uns dias, há mais de uma década. Foi ali, naquela casa, na qual o então ascendente literato o albergara, que, licenciado pelo anfitrião para migrar entre lombadas, capas e páginas, percebeu um pequeno livro escrito em alemão, com pouco mais de setenta páginas e parágrafos numerados em estranha ordem. Naquele momento não deu muita atenção ao opúsculo, apenas o nome em latim e o texto em alemão lhe causaram rápida curiosidade, logo desfeita pela imensa quantia de títulos que o encantavam e causavam uma angustiante sensação de incapacidade, como se as pilhas e prateleiras cheias indicassem que havia muito a ler e pouco tempo para isso.

Pois bem, esperava que o dileto escritor se recordasse e o atendesse, enviando o exemplar. O telegrama, um tanto longo para os padrões lacônicos da telegrafia, foi assim:

QUANDO TIVE HOSPITALIDADE CASA VOSSA VG DOZE ANOS ATRAS VG VI EXEMPLAR DO TRACTATUS DE WITGENSTEIN PT ABUSANDO PEÇO POR EMPRESTIMO NOVA GENTILEZA PT

FAVOR ENVIAR POSTA RESTANTE GAURAMA RS PT

SEMPRE GRATO VG

G KLIMT

O destinatário era famoso por sua amabilidade. Um *gentleman*. Já no final da tarde do mesmo dia, Günter foi chamado pelo agente postal:

SAUDACOES VG JA DESPACHEI TRACTATUS PT

BOM ESTUDO PT

A DISPOSIÇÃO DO AMIGO PT

E VERISSIMO

XX
CLAVE AD CLAVIS

Toda dedução acontece a priori.
Ludwig Wittgenstein,
Tractatus Logico-Philosophicus,
aforismo 5.133

O homem encontrado morto em pedaços nos trilhos foi o assunto das rodas de conversa da cidade e o seria ainda por dois ou três dias. Alguns até comentaram que para mendigo e andarilho o sujeito não servia: tinha cabelos e pele claros e roupas boas e limpas. A vista do garrafão de vinho vazio, no entanto, fez o subdelegado Generino decretar que o sujeito devia ter vindo caminhando pelos trilhos e, embriagado, deitou por ali mesmo, quando foi triturado pela locomotiva.

Fazer o quê? Generino até telegrafou para a polícia de outras cidades, mas não havia registro de desaparecidos.

Um cavalo e sua encilha tinham sido encontrados abandonados, para os lados de Viadutos; ia dar uma olhada. No entanto, se até o fim da manhã seguinte não aparecesse reclame do corpo, era enterrar e pronto, visto que ninguém mais ia aguentar o fedor, decretou.

Ainda naquela noite, a conversa no Clube Aliança ficou mesmo girando sobre o morto, de onde ele vinha, quem era. Alguns sugeriam que poderia ser um caso de desilusão amorosa e suicídio; outros, alarmistas, especulavam sobre grupos de bandoleiros que poderiam atacar a cidade.

Mister Feynman, que agora era sócio assíduo do clube, saiu de um pequeno círculo onde bebiam e conversavam e aproximou-se de Günter, que tomava um *Schnaps* no balcão com Libiano, Negretti e mais dois antigos colegas operários do Frigorífico Independência. Puxou assunto do morto, indagou o que Günter achava. A resposta foi curta, de qualquer forma o assunto estava ficando gasto:

– Apenas um bêbado que dormiu no lugar errado, penso eu.

– E o amigo não viu nada de estranho, já que voltou de madrugada para casa?

A impressão imediata de Günter foi que a pergunta não era casual. Mas não dava para deduzir se o inglês sabia alguma coisa, se vira algo, se era alguma sugestão subliminar de que Günter teria algum relacionamento escuso ou se era somente coisa de fresco, já que era meio pegajoso em relação a ele e ultimamente parecia lhe espichar uns olhares estranhos. Em tom irônico, devolveu a pergunta e a insinuação:

– E o senhor, não viu algo? Aliás, *mister*, eu seguidamente tenho minhas máquinas acionadas à noite, tenho que descer até a atafona para conferir, abastecer com matéria-prima, virar o produto... Mas e o senhor, o que é que andava a fazer pela cidade na madrugada? Tinha ido fazer alguma verificação noturna dos viadutos?

Os outros gargalharam, e Feynman foi para a defensiva, teve que falar de sua insônia, que *quando vem ter que sair para fora andar, andar*. Se quis insinuar algo, seja em relação à morte do nazista, seja algo de cunho escuso, calculou mal e levou uma invertida. O álibi de Günter para estar na rua em altas horas era muito bom, e quem ficou com o comportamento posto em dúvida foi o inglês.

De fato, o que é que fazia na rua naquele horário? "Quando der, vou tirar a teima deste inglês, que não me venha desse jeito pro meu lado", pensou. Mas logo lhe ocorreu: e se a afetação fosse só um disfarce? O turbilhão de coisas surpreendentes que vinham acontecendo mostrava que nada poderia ser descartado, teria que falar com a camarada sobre esse maricão...

Após mais uns dias, Günter, como responsável pelo arrolamento dos bens de Maximilian Kriptus, passou o saldo existente em nome deste no Banco Agrícola Mercantil para a conta vinculada à construção do novo hospital. Tinha que pegar no recibo a assinatura de irmã Cecília como representante nomeada da instituição herdeira. A papelada estava pronta, mas ele aguardou a chegada da encomenda enviada pelo amigo, ia usar a coleta da assinatura como pretexto para ir ter novamente com a camarada.

Assim que pegou o pequeno pacote enviado por Verissimo, foi ter com a freira:

– Antes de nos atermos ao livro, tenho que lhe informar: o engenheiro inglês da ferrovia, *Mister* Feynman, parece ser mais que apenas um funcionário graduado. Tem me vigiado, feito perguntas, insinuações...

– Sim. Deve ser o agente do MI6, o serviço secreto britânico. Acabo de receber uma carta cifrada dizendo que eles também enviaram alguém. Cuidemos. Temos, além disso, que levar em conta que o nazista dos trilhos provavelmente não agia sozinho.

Enquanto falava, tomou o pacote das mãos de Günter e o foi abrindo com calma. Continuou:

– Mas avalio que estamos bem à frente; somente nós temos a senha, a menos que Steiner a tenha anotado em outro lugar, ou a revelado a outra pessoa. Mas não creio que contou o que sabia para outrem, pois, se o tivesse feito, seria desnecessária e arriscada a prescrição de o gato ser morto e colocado junto consigo no caixão. Não, ele não revelou o segredo nem repassou a chave. Temos que achá-la.

Disse isso erguendo o exemplar recebido por Günter e balançando-o: ali talvez estivesse a pista para a localização da senha.

"Ei-la, uma das obras mais importantes do século XX", pensou Clara Ângst. A obra seminal do positivismo lógico, que o Círculo de Viena, rigorosamente ateu e cientificista, fazia reuniões quase religiosas para debater e decifrar os aforismos, tentar entendê-los... Lógica, epistemologia, física, ética e, sem blasfêmia, até mesmo o inefável, a mística... tudo, tudo aqui. Para alguns o poema mais perfeito já escrito; para outros, o catecismo da ciência e do mundo; sem falar da sua perfeição lógico-formal. *Nunca entenderão*, dissera Ludwig Wittgenstein à banca examinadora quando o *Tractatus* foi submetido como tese de doutoramento... E a banca era composta por ninguém menos que Bertrand Russell e George Edward Moore.

Clara abriu o livrinho e primeiro procurou ver se havia, se era coerente que houvesse um aforismo 5.4541. Pois era e estava lá:

5.4541 Die Lösungen der logischen Probleme müssen einfach sein, denn sie setzen den Standard der Einfachheit.

Die Menschen haben immer geahnt, daB es ein Gebiet von Fragen geben müsse deren Antworten – a priori – symmetrisch, und zu einen abgeschlossenen, regelmäBigen Gebilde vereint liegen.

Ein Gebiet, in dem der Satz gilt: Simplex sigillum veri. *

Simplex sigillum veri! A frase em latim que constava no adorno pobre, mal bordado e empoeirado que nem quiseram recolher e que tinha ficado na casa do falso médico Maximilian Kriptus. Ali estava a chave! A senha numérica trazia ao aforismo, que levava à chave. Que impressionante urdidura, que enigma haviam montado os demônios Belfegor e Belzebu, aliás, *Reichsstatthalter* Arthur Scyss-Inquart e *SS-Sturmbannfürer* Henrich Brentl Steiner!

– Mas olhamos aquele quadrinho de todo jeito e não achamos nada!

– Vamos lá para a casa de Kriptus agora, já.

---

* 5.4541 As soluções dos problemas lógicos devem ser simples, já que estabelecem um padrão de simplicidade. Os homens sempre pressentiram que deve haver um lugar onde as questões tenham respostas – a priori – que sejam simetricamente unidas em uma configuração definitiva e regular. Um lugar onde prevaleça a proposição: Simplex sigillum veri. (tradução livre)

Foram quase correndo, a irmã até se esqueceu de mancar. Quando entraram, ela foi direto pegar o quadro, enquanto Günter abria a janela. Algo chamou a atenção dele:

– Irmã, espere. Alguém esteve aqui depois de nós. Observe a cremona da janela. Fui eu quem fechou a casa, e deixei a alça em sentido transversal, atravessada. Faço sempre assim, tenho por mania, e é o sentido normal da peça... Mas, olhe, a alça desta está em sentido longitudinal à janela. Alguém veio aqui.

– Pode ser qualquer pessoa; as chaves ficam mesmo penduradas fora da porta. Algum curioso, mesmo a gurizada, pode ter vindo – minimizou a irmã, que já tinha consigo o quadrinho bordado.

Realizaram novo exame, e nada. Decidiram quebrar a moldura de ripas de madeira sobrepostas, que prendiam o pano bordado. Fizeram-no, retiraram todo o pano e separaram as ripas da moldura. Decidida e conclusivamente, não tinha nada ali que não fossem pedaços de madeira, linha e pano.

A frustração tomou conta de ambos, os caminhos agora tinham se fechado.

– Só se, de fato, alguém veio e pegou.

– Ou Kriptus, por algum motivo, retirou a chave antes de morrer.

– Triste, tanto trabalho, tanto esforço, tanto tempo – irmã Cecília agora era Clara Ângst, a militante comunista fugida de um campo de concentração nazista e que tinha consagrado seus últimos três anos a uma missão que via fracassar. – Tão perto, tão perto, até conseguimos a senha...

Seu tom era triste, baixo.

Günter ia falar algo sobre a possibilidade de alguém do grupo nazista ter vindo, ou talvez Feynman, quando olhou melhor para o pano bordado, estendido no chão, e ficou paralisado. ***Simplex sigillum veri...*** *A simplicidade é o selo da verdade*. Talvez, melhor traduzido: *O sinal da verdade é a simplicidade*. Quem sabe, *O segredo da verdade é simples*. Ou, melhor ainda: *A verdade é simples*.

Agora percebia tudo.

Então era isto: a *chave* para a chave é a simplicidade. Tudo esteve aí, sempre à mão. Interrompeu a fala lamentosa de Clara, com uma ordem e um gesto categóricos:

– Fique em silêncio, camarada...

Lentamente, deu três passos em direção à porta dos fundos da casinha, e, mesmo sem sair, espichou o braço até o prego de caibro que servia de claviculário e pegou o molho de chaves, que esteve sempre ali pendurado. Onde mais poderia estar uma chave, não é mesmo?

Entre quatro ou cinco chaves mais grosseiras, havia uma, pequena, dourada, simples, com o brasão de armas da Suíça quase imperceptível, mas gravado em relevo, indelével.

Simplex sigillum veri...

XXI
CHÁ PARA INGLÊS VER

Sobre aquilo que não se pode falar, deve-se calar.
Ludwig Wittgenstein,
Tractatus Logico-Philosophicus,
aforismo 7

É claro que irmã Cecília ficou exultante com a descoberta e o sucesso de sua missão. Por certo, devia muito ao camarada Günter, de quem, a princípio, tivera grandes desconfianças. Agora estava fazendo os preparativos para sua retirada e, quando possível, a troca de identidade e a volta à Europa em segurança.

Enquanto isso não se ultimava, permanecia integrada às lides do colégio. A madre chamou-a a sua sala. Estava recebendo o engenheiro da ferrovia, *Mister* Feynman, que apresentou formalmente à irmã Cecília.

– Mister Feynman é um cristão abnegado. Disse que, como a esposa e os filhos ficaram na Inglaterra, acaba se sentindo sozinho na cidade, com pouca atividade além do seu expediente. Esse ócio o acaba levando aos clubes e bares, a beber... Então, ele está se propondo a lecionar o seu idioma pátrio, para contribuir com a formação de nossos jovens... Não é uma maravilha?

"Então o espião do MI6 estava entrando no jogo...", pensou a agente. "Que porcaria, já tinha contado com tudo resolvido! Mas, enfim, era preciso jogar."

– Interessante. Vamos ter que ver detalhes, horários, montar um programa e, provavelmente, submeter ao conselho escolar.

A madre ergueu-se.

– Irmã Cecília, como és a coordenadora pedagógica, vou deixar a seu cargo isso. Vão combinando. *Mister* Feynman, com licença, vou ter que ir até a horta da escola, estamos fazendo umas modificações, quero supervisionar.

Feynman, elegante como sempre, ergueu-se, fez uma mesura e despediu-se:

– Até logo, madre, muito obrigado pelo chá...

A madre inclinou a cabeça e, no mesmo instante em que ela saiu, Feynman sentou-se novamente na poltrona, cruzou as pernas e desabotoou e abriu o paletó, deixando ver o cabo do revólver que tinha na cintura.

– Então, irmã Cecília, ou talvez prefiras que te chame de Clara Ângst? Penso que sabes muito bem o que me traz aqui...

O tom era irônico, superior.

– Vais atirar em mim?

– Se precisar, vou. Atiro em ti, tomo a chavezinha, tenho um automóvel esperando e me sumo. Aliás, embarco em qualquer navio com a bandeira de Sua Majestade, e em dez ou doze dias aporto em Londres. Veja bem, minha cara, não tenho alternativa, e tu também não tens. Ou me entregas a chave, ou te mato.

– Mas, já que temos tempo para negociar, diga-me, Feynman, por curiosidade, e a senha? E como chegaram a Kryptus?

– Sim, irmã. Temos tempo. Mas não para negociar, não se trata de negociação. Vais me dar a chave e pronto.

Sorveu o último gole do chá e continuou.

– Eu não encontrava nada. Minha informação era apenas que o homem estava entre Passo Fundo e Marcelino Ramos; aí privilegiei minha busca em locais com colônias alemãs numerosas. Primeiro achei que o nazista detentor da chave estava em Marcelino Ramos, mas logo descartei e comecei a observar Gaurama. E apenas tive certeza de que era mesmo por aqui que as coisas estavam se dando quando vi o morto nos trilhos. Eu o conhecia, era do grupo nazista de Marcelino Ramos, mas um pobre-diabo. Além disso, tinha visto Günter, de quem já suspeitava ter alguma relação com a busca, chegando de madrugada em casa. Aí, liguei com a morte do médico estoniano e com o fato de terem sido tu e Günter os inventariantes. Então, à noite, saí do clube e fui olhar a casa, mas não tinha mais nada lá. Eis, no entanto, que, para mim uma feliz coincidência, pela manhã vi rumarem tu e Günter, apressados, em direção à casa do falecido médico. Fiquei observando de longe, e uns vinte minutos depois, os vi saírem da casa, faceiros como crianças. Pensei comigo: ou fizeram amor, ou encontraram a chave. Ora, fosse para namorar, não o fariam à luz do dia, ainda mais uma freira e um bonitão casado...

Serviu mais chá do bule, tomou um gole, pousou a xícara.

– Quanto à senha numérica, que é aleatória, nós a arrancamos de Seyss-Inquart assim que lhe pusemos as mãos. Ele também tinha uma cópia da chave, mas a guardara em um apartamento de Hamburgo que foi varrido pelos bombardeios da Operação Gomorra. O apartamento foi praticamente derretido, e a chave junto, de modo que sobrou apenas esta que está contigo e que agora virá para minhas mãos.

Feynman olhou para fora, a madre tinha uma enxada na mão, e, com outras freiras e moças, lidava na horta. Quis ficar olhando a cena bucólica, quase se distraiu. Estava muito seguro de si, relaxado e confortável; bocejou e continuou.

– Como lhe contei de meus périplos investigativos, faça-o também, por gentileza, antes de me entregar a chave: onde mesmo ela estava, e como a descobriram?

Irmã Cecília sorriu.

– A senha numérica nos levou à chave. É, na verdade, além de senha, um código criado por Seyss-Inquart e Steiner.

Feynman fez uma cara de incompreensão. Código? Como é que os técnicos do MI6 não sabiam disso?

Ficou confuso.

– Bem, deixemos para lá. Passe-me a chave e a plaqueta agora.

– Não está comigo. Tenho que buscá-la no claustro.

O inglês sacou de sua arma, que tinha um silenciador. Agora falou lentamente, parecia estar procurando as palavras:

– Eu sei que tu as tens contigo, não deixarias isso em uma gaveta. Está onde? No crucifixo do pescoço? No pulso? Ou no tornozelo? Se não entregares, eu vou encontrar, de qualquer forma.

Tomou mais um gole de chá, mas desta vez babou-se. Estava cansado. Uma ligeira queda de pressão, talvez. Apontou a arma para a irmã, mas sentou-se novamente. Percebeu que algo estava acontecendo consigo. O chá! Tentou erguer a arma para atirar, mas estava invadido por uma lassidão invencível. Deixou o revólver cair e adormeceu.

A madre entrou na sala e pegou a arma de Feynman.

– Querida, acho que isso precipita as coisas. Tens que ir agora, já.

XXII
OS ONZE EM UM JIPE

A verdade da tautologia é certa;
a da proposição é possível;
a da contradição, impossível [...].
Ludwig Wittgenstein,
Tractatus Logico-Philosophicus,
aforismo 4.464

Coronel Gonçalino Cúrio de Carvalho era um sujeito arrogante aos extremos. Encarregado de desbaratar no Alto Uruguai gaúcho os *grupos dos onze*, organizações não militares arquitetadas por Leonel Brizola para fazer a contraposição ao previsível golpe de 1964, agia com mão de ferro contra agricultores, operários e familiares que tinham se vinculado a um desses grupos ou apenas passado por perto de alguma reunião.

O truculento coronel Gonçalino saíra da reserva da Brigada Militar para agir na região em defesa do golpe, e o fazia prazerosamente, calçado em seu cargo e numa turma de meganhas que compunha sua *volante*. Teve o trabalho facilitado por João Goulart, o presidente deposto, que não quis chamar a resistência popular para a rua, temendo que o povo fosse submetido a um banho de sangue.

Desta vez, o movimento pela legalidade tinha fracassado, não houve qualquer resistência, e a democracia estertorou. Os *grupos dos onze*, meros ajuntamentos de companheiros simpatizantes do presidente Goulart e do Partido Trabalhista Brasileiro (PTB) de Brizola, desarmados, desmobilizados, sem qualquer treinamento ou logística, foram presa fácil para o terrível agente da repressão. Consciente de seu poder, o coronel Gonçalino impunha suas ordens a prefeitos, deputados e juízes da região, que, por medo, viravam paus-mandados do carniceiro.

Embora a evidente desnecessidade, já que a pouca reação ao golpe consolidou de imediato o regime militar, ele prendia e arrebentava, não necessariamente nessa ordem, e inúmeras vezes. Frágeis, medrados, tangíveis, sem qualquer amparo: quando Gonçalino pegava um deles e torturava, logo tinha todos os onze na mão e os carreava ao presídio de Erechim.

Pois então, sabedor que no terceiro distrito do município de Gaurama, a Vila Balisa, havia um desses grupos, Gonçalino caiu como um corvo sobre os indefesos trabalhadores. Em duas horas a volante fraturou meia dúzia de dedos, arrancou outro tanto de dentes e empilhou oito homens em um camburão com destino ao presídio. Tinha colhido e socado nessa camionete da polícia que servia à volante uma amostra da configuração étnica de Gaurama: havia descendentes de italianos, alemães, polacos, portugueses e caboclos, presos apenas porque estiveram convencidos de que deviam defender algo etéreo e incorpóreo que mal sabiam o que era: a democracia.

Naquele mesmo dia, Günter saiu da prefeitura e rumou para o Clube Aliança: ia dar uma passada e tomar um aperitivo antes de ir para casa. Os dias estavam sendo puxados, mas via as coisas acontecendo bem, a organização urbana tomando feição e as obras da hidráulica, que deveria resolver os problemas de abastecimento de água, estavam aceleradas, com a própria população pegando em picaretas para abrir os valos para a canalização. Günter tinha prometido na campanha fazer o rio Suzana *subir, morro acima* e proporcionar água abundante à população. Depois de enterrados os canos d'água, finalmente viria o calçamento. E, progresso dos progressos, logo a cidade seria servida também por telefones particulares.

Uma nuvem escura, no entanto, toldava os céus de Gaurama: a crise do setor da banha, agravada por problemas de administração e, dizia-se à boca pequena, de apropriações indébitas por pessoas que exerciam cargos de destaque, vinha comprometendo a saúde financeira tanto do Frigorífico Independência quanto da Cooperativa de Produtores. O óleo de soja tinha um ciclo produtivo bem mais barato que a banha e chegava mais fácil e por menor custo nos mercados consumidores. Rumores de quebra assustavam a cidade, que vivera momentos de pujança econômica em torno, principalmente, dessas duas indústrias.

Desde o início do ano de 1964, Günter era o prefeito da cidade e projetava que logo cumpriria suas promessas de campanha. Bem relacionado com o governador do Rio Grande do Sul, Ildo Meneghetti, conseguia captar recursos para as obras, mantendo-as em franco avanço.

Sua relação política, no entanto, não era mais tão dúbia. Se o início de sua carreira político-eleitoral em Gaurama tivera o impulso velado da célula, fazendo com que o tio Albert Sonnenwald ficasse intrigado em como é que ele obtinha sempre muitos votos em todos os cantos do município, cada vez mais ele se afastara do Partido Comunista. Prioritária, agora, era a sua atuação perante o PSD, o partido burguês ao qual tinha se vinculado inicialmente por conveniência. Privilegiava a ação institucional, e suas relações como empresário e comerciante proporcionavam sempre bons resultados.

A intimidade com o Partido tinha esfriado, os contatos foram se perdendo. Parece que mesmo os líderes de Erechim, como Quirino e doutor Siviero, tinham se acomodado; fazia anos que não provocavam reuniões ou ações. Mais ainda depois que o recente golpe de 1964 tinha criminalizado qualquer militância e gerado uma perseguição ferrenha e cruel a quem minimamente se aproximasse da esquerda.

Não era somente isso, não era apenas o afastamento das discussões teóricas e dos camaradas, nem a repressão: as comodidades e os sucessos da vida social, política e econômica pequeno-burguesa é que seduziam este antigo militante de esquerda. Acomodou-se e cada vez menos era dado a problemas de consciência em relação às suas condutas e opções pessoais. E a boa vida cotidiana que lhe tocava amortecia qualquer incipiente sentimento de traição à sua causa original. Tinha que admitir para si: gostava de ser empresário e prefeito, de ser respeitado como tal.

Poucos na cidade sabiam de sua antiga militância, e estes eram familiares próximos: os tios Albert e Emma, o irmão Walter, Raquel... Mas nunca mais falaram sobre isso... Tercílio Benone tinha bem mais que desconfiança sobre o passado de Günter, mas o tempo transcorrido, a bofetada que levara de Benícia e a vergonha que passara naquela circunstância de anos atrás acabaram por neutralizá-lo.

Na verdade, Günter gostava de ser um capitalista bem-sucedido, e cada vez menos pruridos o acometiam por ignorar as causas da juventude. Queria mais é tocar a vida, cumprir um bom mandato como prefeito da cidade, continuar vicejando como empresário e prover a família, com cinco filhos.

Chegou ao clube e instalou-se com os amigos esperando aquela agradável prosa de final de dia, acompanhada de uma mesa com cervejas. Logo, no entanto, Lúcia, a filha mais velha, apareceu para chamá-lo: um homem tinha urgência em falar com ele, não quis vir procurá-lo no clube e estava esperando em casa.

Vitale Fornovo estava dando água e pasto ao cavalo, ainda empapado de suor, no potreiro que ficava na frente da casa de Günter. Era um antigo componente da célula comunista e morava perto do rio Caçador, não longe do povoado de Balisa. Contou, assustado, que estava lá negociando uns bois de canga e viu quando os milicos chegaram e tocaram horror na comunidade, chutaram portas, prenderam *uns sete ou oito que eram do Brizola*. Fornovo deu o nome de três ou quatro que viu serem espancados, presos e levados. Disse que alguns outros fugiram para o mato e ele conseguiu pegar o cavalo e veio direto ter com o prefeito.

Günter descreveu ao homem o coronel Gonçalino, e Vitale Fornovo confirmou que ele tinha sido o comandante da operação.

– Este velho puto! Eu disse que em *meu* município não era para bulir!

Acontece que, dias antes, quando Gonçalino Cúrio de Carvalho veio ter com ele para pedir informações e indicações de quem eram os componentes de *grupos de onze* ou mesmo esquerdistas isolados, Günter tinha dito que ali não tinha ninguém com esse perfil, que não era para prender ninguém, que tudo estava tranquilo em Gaurama. "O brigadiano tinha concordado e ido embora, e agora este filho da puta vem agir contra minha vontade e pelas minhas costas", pensou.

– Ele já arrebentou com o Leopoldo Chiapetti. Tu tens que fazer alguma coisa, camarada...

O tratamento de camarada, usado por Vitale, trouxe até uma perplexidade a Günter, tanto tempo que não o ouvia. O chamamento à ação, de igual forma, embaraçou-o; ia ter que passar por uma situação enroscada, enfrentar o homem designado para ser o braço da ditadura militar na região. "Mas", pensou, "não se pode renunciar a uma determinação moral", e prometeu ao outro que faria o possível.

Ia ter que enfrentar suas contradições.

No dia seguinte, conseguiu ligação e fez um telefonema a Porto Alegre; depois pegou o jipe da prefeitura e foi até o presídio de Erechim. O arrogante coronel Gonçalino não quis nem recebê-lo, disse que teria que marcar hora. Günter estava ficando enfurecido, mas insistiu, pediu que o meganha que ficava na salinha levasse seu pedido de que o coronel concedesse o obséquio de atendê-lo agora.

Günter sabia lidar com o tipo, ia ter que adular, ao menos para conseguir entabular a conversa...

Gonçalino acabou por recebê-lo, mas estava com evidente má vontade.

– Coronel, estes presos de Balisa são só pessoas humildes. Alguns mal sabem do que se trata.

– São subversivos, prefeito, e só vou soltá-los quando entender que deva fazê-lo.

– Mas o que é que esses coitados fizeram, homem, me diga?

– Eles se reuniram entre eles para ouvir rádio e falar de política. E conversavam com pessoas do PTB. São comunistas perigosos.

Günter riu.

– Então o senhor me prenda...

O coronel brucutu, de raciocínio lento, olhou estranhado para Günter, que continuou:

– Se falar com pessoas do PTB, fazer reunião com correligionários e ouvir rádios estrangeiras é crime, então o senhor me prenda.

O coronel sorriu:

– Mas, prefeito, o senhor não é subversivo.

Günter inclinou o corpo para frente e olhou fixamente nos olhos do esbirro, sendo categórico:

– Olhe, coronel, o negócio é o seguinte: nenhum desses peões é subversivo. São pessoas inclusive de minhas relações, alguns até votaram em mim e no Meneguetti... com quem, aliás, falei diretamente, por telefone, antes de vir aqui... Ou levo o meu pessoal junto comigo, agora, ou o senhor me segura junto com eles... E aí vamos ver o que é que o *Ildo* diz.

Coronel Gonçalino era tosco, um mero brutalhão que tinha ascendido mais pela sua sabujice do que por sua capacidade intelectual. Gostava do poder que comandar a volante lhe proporcionava. Sentia-se importante quando prefeitos e ricaços locais vinham o adular. Agora este prefeitinho metido queria o desautorizar? Pior é que tinha ouvido dizer que ele era próximo do governador, mesmo... Como ainda eram momentos de manter aparente respeito à lei, essas relações com autoridades civis tinham que ser consideradas.

Gonçalino matutou. Para piorar, recentemente tinha pegado pesado contra um indivíduo que prenderam, um certo Leopoldo Chiapetti. "Esse nós moemos mesmo", lembrou, até com certo prazer. Problema é que o homem foi solto vomitando sangue, foi parar no hospital, tinham o estourado por dentro... Aí a coisa pegou mal, acabou levando uma chamada do comando. Também, mandam fazer omelete sem quebrar os ovos!

Entre bancar sua autoridade e empáfia e o risco de ter a atuação novamente questionada pelo comando, e, talvez, até pelo governador, resolveu retroceder. Foi até a porta e determinou ao ordenança:

– Traga aqueles homens da Vila Balisa que prendemos ontem, vamos soltá-los.

Ainda se virou para o prefeito e, para não ficar com a sensação de ter capitulado totalmente, barganhou:

– Mas o senhor me arruma uns fardos daquela sua erva-mate boa!

Usar o prenome do governador com intimidade tinha funcionado. Sim, o governador o conhecia, mas era apenas pela institucionalidade; esse negócio de amigo tinha sido blefe. Günter sorriu.

No jipe da prefeitura, os homens do pretenso *grupo dos onze* se amontoaram, ia levá-los para casa. Estavam arrasados, humilhados, machucados. Um estranho e eloquente silêncio vinha desses cidadãos comumente alegres e parlantes.

Eis, novamente, o ambíguo Günter em ação: prefeito da cidade, empresário pequeno-burguês, líder do partido da autodenominada *revolução redentora* e amigo de importantes expressões do movimento de 1964; mas, por outro lado, tinha ido enfrentar a cadela fascista, entrou no porão da repressão e libertou um punhado de cidadãos bem-intencionados que apenas queriam que o Estado fosse a favor do povo.

EPÍLOGO

Que o Sol se levantará amanhã, é uma hipótese; e isso quer dizer: não sabemos se ele se levantará.

Ludwig Wittgenstein,
Tractatus Logico-Philosophicus,
aforismo 6.36311

Paris, julho de 1980

Cecile d'Angoisse, a poderosa gestora do *Fond Pain Pour Le Monde*, analisava um projeto que tinha em suas mãos. Tratava-se do financiamento de bolsas de pesquisa em uma universidade jesuíta no Brasil. Apesar de seu laicismo, ela estava escrevendo um curto parecer para o conselho gestor do Fundo, recomendando a concessão, nos termos do projeto, que previa mérito e condição social de baixa renda para o enquadramento dos bolsistas.

Quando, no início de 1948, Clara Ângst, agora Cecile d'Angoisse, voltou para a Europa com as chaves que davam acesso ao ouro que os nazistas tinham extorquido de famílias de judeus ricos, foi primeiro a uma caixa postal que previamente combinara com a amiga e líder Alexandra Kollontai. A correspondência codificada dava conta do ostracismo a que a grande lutadora feminista acabara por ser submetida e, mais, do domínio da burocracia soviética. Nem a pública assunção da defesa do regime de Stalin tinha significado alguma coisa, e a velha militante revolucionária bolchevista estava fadada a morrer na inexpressão política.

A possível opção a ser tomada já estava em andamento. À margem do MGB, uma outra identidade fora criada para Clara e um outro destino aos valores viria a ser dado. Não permitiriam que aquela fortuna viesse a ajudar a bancar um Estado burocrático e opressor. Essa riqueza deveria servir para sustentar a luta popular, o conhecimento e o combate à fome.

Assim que madame Cecile d'Angoisse, uma bela viúva marselhesa, acessou a conta no *Zürich-Bernaise Credit Bank*, não pôde deixar de surpreender-se com o tamanho das cifras que teria à disposição para agir.

Os valores foram transferidos ao *Fond Pain Pour Le Monde,* organização autônoma recém-criada, estruturada na forma de uma gestão executiva profissional de mão forte encabeçada por Cecile e um conselho gestor constituído por filósofos e políticos que preconizavam justiça social, combate à fome e ampliação do conhecimento.

Assim, o Fundo bancava projetos de educação popular, pesquisa científica principalmente nas áreas de educação e produção de alimentos, bolsas de especialização, formação sindical, luta contra a exclusão social e pela defesa ecológica.

Cecile d'Angoisse, aliás, Clara Ângst, aliás, irmã Cecília, encerrou o parecer sobre as bolsas, colocou-o de lado, pronto para ser submetido ao conselho do *Fond*, e olhou pela janela. Com a vida indo para o ocaso, costumava refletir sobre suas ações do passado. Invariavelmente, concluía: sim, em face dos resultados, tudo tinha valido a pena.

***

Gaurama, julho de 1980

O guri era presidente da associação local e tinha decidido que iria ao congresso estadual de estudantes secundaristas. O problema era os pais deixarem... Não tinha jeito, ia ter que falar com o pai, e já antevia a negativa. Estava preparado para o confronto certo.

Acontece que o país estava vivendo uma crise econômica profunda, com processo inflacionário galopante e o evidente desgaste do regime militar. Os ares, neste início dos anos oitenta, eram de repulsa ao impopular governo do general cavalariano João Batista Figueiredo, que dizia preferir *cheiro de cavalo a cheiro de povo*.

Luís Carlos era o tardio sexto filho de Günter e Raquel, e vinha tomando posições públicas contra a ditadura. Há alguns dias, tinha ido a um evento no salão paroquial que tivera a presença de Paulo Brossard, um senador de oratória virulenta contra o regime e pela democracia.

O problema é que Günter fora recentemente prefeito pela ARENA, o partido de sustentação do regime ditatorial militar, e agora era vereador e presidente do Partido Democrático Social (PDS), sucedâneo daquela quando retornou a pluripartidarização. E mais um agravante: enquanto exercia o mandato de prefeito, Günter havia simplesmente abandonado seus negócios. Quando retornou à vida privada, não conseguiu mais retomá-los com efetividade. Não chegara a falir, mas estivera perto disso, o pouco que sobrara mal garantia comida na mesa. Raquel tinha até que costurar e fazer bolos para fora, para reforçar o orçamento. Então vinham dependendo de um emprego federal, cargo por indicação política precária.

Luís Carlos falou primeiro com a sempre pragmática Raquel, que procurou dissuadi-lo de tentar a autorização paterna para ir ao tal congresso de estudantes; isso poderia comprometer a já frágil situação econômica da família. E o advertiu do pior:

– O pai vai estourar contigo...

E os estouros do pai eram cada vez mais frequentes e intensos, com gritarias na rua, ataques, discursos intermináveis, verborragia...

Por outro lado, às vezes era dócil, afetivo e indicava e oferecia leituras e conversas bem distantes da sua ação cotidiana de político de direita. E uma vez o ouvira dizer: *só quem conserta este país é o Prestes.*

O guri queria muito ir ao congresso da União Gaúcha dos Estudantes, a UGES. Era um momento importante da luta pelo retorno da democracia e consolidação partidária. Foi falar com o velho. Aproveitou o final da tarde, em que o pai sempre lia o *Correio do Povo*, o jornalão ficava aberto sobre a mesa da sala.

– Pai...

Günter, com o olhar por sobre os óculos, instou a que o menino falasse. Luís Carlos encostou-se à mesa, como que buscando apoio para falar.

– Pai, quero ir ao congresso da UGES.

Günter deu um olhar cansado para fora da sala. Aos sessenta e oito anos, sentia-se frágil, esgotado. Fumava desde os doze anos, e o alcatrão e a nicotina acumulados estavam se fazendo sentir.

– Tu sabes que nesses troços pode bater a polícia. Congresso de estudante é sempre contra o governo.

– Sei.

– Então te cuida. Tomes aqui cem *pila*, vais precisar para comer alguma coisa.

Luís Carlos, que esperava uma reação contrária e explosiva, ficou surpreso. Não somente o pai não reagiu negativamente, como o autorizou e apoiou!

Decididamente, o velho Günter era um sujeito muito interessante, um poço de ambiguidades, merecia um estudo.

"Talvez, um dia, eu escreva um livro sobre meu pai", pensou o rapazinho.